2022湖北省教育厅哲学社会科学指导性项目“新文化地理学视域下裘帕·拉希莉作品中的后族裔叙事研究”（项目编号：22G076）成果；2022湖北省高等教育学会重点课题“基于CLI的应用型本科高校大学英语文化类课程思政研究”（项目编号：2022XD82）成果；2022荆楚理工学院校级项目“21世纪美国族裔文学文化间性研究”（项目编号：YB202230）成果。

裘帕·拉希莉作品的空间研究

林妮斯　著

文化发展出版社
Cultural Development Press
·北京·

图书在版编目（CIP）数据

裘帕·拉希莉作品的空间研究 / 林妮斯著. — 北京 : 文化发展出版社，2025. 7. —ISBN 978-7-5142-4722-0

I . I712.07

中国国家版本馆CIP数据核字第2025FS1505号

裘帕·拉希莉作品的空间研究

林妮斯　著

责任编辑：孙　烨　　责任校对：侯　娜
责任印制：邓辉明　　封面设计：中尚图
出版发行：文化发展出版社（北京市翠微路 2 号　邮编：100036）
网　　址：www.wenhuafazhan.com
经　　销：全国新华书店
印　　刷：三河市中晟雅豪印务有限公司

开　　本：880mm × 1230mm　1/32
印　　张：6.75
字　　数：120千字
版　　次：2025 年 7 月第 1 版
印　　次：2025 年 7 月第 1 次印刷

定　　价：68.00 元
I S B N：978-7-5142-4722-0

前言

裘帕·拉希莉以她特有的眼光观察着印度，作为印裔移民的后代，她坦言自己对印度并不熟悉，对其的了解主要来源于父母的言传身教，以及为了写作她不断前往实地调查和研究。父母的居住地加尔各答留下了他们的生活印迹，而父母的亲人朋友和他们的经历，也都成了拉希莉作品的丰富素材。她在印度的停留多在都市，又因她成长于罗得岛，求学于英国，独特的经历形成了她作品中的城市和文化空间。虽然她也有写到人烟稀少的海边、印度的穷人聚集区，但都市空间始终是她作品中持续表现的元素。在她的一些作品中，我们能感受到一个完整的城市，从清晨到夜晚，从市中心到郊区，有时她以碎片式的叙述，城市与郊区交替出现，喧嚣与静默同时上演，我们似乎在她的指引下把握一座城的脉搏。而在另一些作品中，完整的城市似乎又飘忽不见了，我们只能在光影斑驳中读取一个地方的记忆，并不能抓住这个城市的精髓。可以说，作家以独具魅力的表现手法，述说着对于跨国移民和流动性群体在异国的个体感受和体验的思考。从空间角度研究拉希莉的作品是合乎情理的，对都市空间的阐释也是有针对性地解读她的创作的一种有益方式。

该书主要运用了新文化地理学空间理论，围绕拉希莉的景观书写展开研究。通过对拉希莉作品中的印度、美国等世界各地城市空间、性别空间、差异空间的多重描述的研究，探索拉希莉书写的空间特征，从而推进对拉希莉及其作品的深入理解。

城市景观和自然景观同等重要。城市生活构成了现代性的日常，人们在城市生产、消费，都市是地域性标志，是地方书写的典范。比如低地地区的印度红树林和海滩，还有罗得岛与印度遥遥相望的海湾。它们都是最具代表性的地方场所，也承载了不同国家的文化和不同群体的情感。拉希莉不仅擅长写人物细腻的内心世界，她对于空间、地理和种族的书写，也成了历史和时代变迁的见证。

拉希莉通过空间书写揭示出流动性和社会变迁带来的精神危机，暴露出现代社会的种种弊端，凸显出族裔文化与主流文化碰撞下的冲突和文学理论的批判功能。正是如此，拉希莉的作品有积极意义。

该书通过文学文本细读，对拉希莉的作品进行深入阅读、对比和分析，试图通过文本研究，结合新文化地理学空间理论，从更广阔的视野观照小说中的历史与文化语境，研究并分析文化中历史与社会因素的影响，从文本细读开始，考察拉希莉景观书写的意义。该书在研究方法上采取了跨学科的文化研究，从文化批评的角度解读拉希莉小说中所构建的移民家园，并通过文本细读分析，研究作家作品的空间建构。在文化研究视野下，文学文本成为特定社会历史关系的无意识表征。主要通过对同一文本中相似人物、不同文本中同一人物的性格分析，揭示他们都是统摄在相似主题下的具有某种内在关联的人物。众多相似人物在同一文本中互相对应补充，同一人物在不同文本中重复出现，丰富了人物形象，体现了拉希莉文本文学空间的互文关联性。这种围绕相似主题建构的立体化文学语义场，召唤读者的参照阅读。

目 录

第一章

绪　论

近 30 年是印裔英语文学研究大发展阶段，“后殖民”以及“流散”成为研究的关键词，研究的重点是作品中的流散现象、身份建构、语言转换、中心与边缘和文化差异问题，印裔移民文学也随着美国印度英语文学研究热潮步入美国高校课堂和多个高校研究中心。

作为美国文坛的一颗新星，裘帕·拉希莉（Jhumpa Lahiri）的崛起引起了美国批评界的极大关注。《纽约客》于 1999 年将她列为当代 40 岁以下的 20 位最优秀的美国作家之一。她的第一部短篇小说集《疾病解说者》几乎囊括了美国批评界的所有重要奖项：于 1999 年获美国笔会 / 海明威奖、欧·亨利短篇小说奖、美国年度最佳短篇故事，且赢得普利策文学奖的桂冠，拉希莉也得以跻身美国重要作家的行列。她的后三部作品也都取得了不俗的成就。2003 年，她的首部长篇小说《同名人》问世。这部小说后来被改编成电影，进一步扩大了她的影响力。拉希莉的第二部短篇小说集《不适之地》在 2008 年出版后，也登上了《纽约时报》书评的畅销书榜单，并获得了 2008 年弗兰克·奥康纳国际短篇小说奖等多项荣誉。她的第二部长篇小说《低地》（2013）被提名为曼布克奖和国家小说图书奖。和两位最重要的后殖民作家维·苏·奈保尔和萨尔曼·拉什迪一样，拉希莉从一个印度离散者的视角来书写印裔美国人在主流社会历经的连根拔起和重新生根的经历，作品反映了霸权主义和殖民主义意识对第三世界国家的长期影响。大多数批评者认为她的书写是对印裔美国人更加真实的记录。

第一节　裘帕·拉希莉其人其作

裘帕·拉希莉是一位当代杰出的印裔美籍作家，以其细腻的笔触和深刻的情感描绘而广受赞誉，其文学成就和影响力在国际文坛上占有重要地位。裘帕·拉希莉于 1967 年出生于英国伦敦，幼年随父母移居美国罗得岛州。她的家庭充满了浓厚的学术氛围，父亲在罗得岛大学图书馆任职，母亲是教师。就像许多移民家庭在她的小说中所做的那样，拉希莉的父母经常带着她体验印度文化。这种环境为她日后的文学创作奠定了坚实的基础。

拉希莉对文学的渴求始于在南金斯顿高中求学期间，后在巴纳德学院攻读英国文学专业，随后就读于波士顿大学，获得英语、创意写作、比较文学以及文艺复兴研究博士学位。拉希莉曾在波士顿大学和罗得岛设计学院教授创意写作，现任普林斯顿大学创意写作教授。她崇拜的作家有安东·契诃夫、托马斯·哈代、梅维斯·格兰特、威廉·特雷弗等。

作为美国印裔作家，她的作品多次入选《全美最佳小说集》，并被翻译成 30 多种语言，这充分显示其作品传播的广泛性与影响的深远性。她曾获美国笔会 / 海明威奖（1999）、欧·亨利短篇小说奖（1999）、普利策文学奖（2000）、《纽约客》杂志小说奖、弗兰克·奥康纳国际短篇小说奖，这些奖项无疑是对她文学才华的有力肯定。而且，凭借普利策文学奖，她成为普利策小说奖项史上最年轻的获奖者。她的作品还入选了《希思美国文学选读》，这是南亚裔作家首次获此殊荣，这也标志着她在美国文学史上的重要地位。2003 年，她的首部长篇小说《同名人》问世，再次彰显了她卓越的文学才华。

拉希莉的作品主要关注印裔美国人的生活，她描绘了印度移民及其子女之间的代沟、夫妻之间的冲突，以及他们面临的双重文化环境。在加尔各答的一次新闻发布会上，拉希莉表示：“没有一个国家是我的母国。无论我去哪个国家，我总是感觉自己在流亡，因此我很想写一些关于流亡生活的东西。”看似平淡但细腻的语言，生动地展现了这些家庭的故事。她的散文和情感故事让读者深深着迷，《华盛顿邮报》的书评指出，拉希莉的写作“清晰而富有启示性，普遍而深刻”，她擅长通过细节揭示人物性格和选择。拉希莉不仅是一名畅销书作家，更是一位才华横溢的跨文化作家，她的文学作品在全世界范围内被广泛阅读和接受，为印度文学和跨国文学做出了巨大贡献。

1999 年，拉希莉的处女作短篇小说集《疾病解说者》（又名《解说疾病的人》）横空出世，这部作品展现了第一代和第二代印度移民生活中的冲突和困境，揭示了移民家庭在异国他乡的孤独与挣扎。拉希莉曾表示：“当我第一次开始写作时，我并没有意识到我的主题是印裔美国人的经历。”然而，这一主题却贯穿了她的整个创作生涯。

她的首部长篇小说《同名人》讲述了一个印度家庭在美国

建立新生活的历程，以及他们在异域的心灵旅程。小说的主角与著名作家果戈理同名，这个名字也象征着他在被收养的国家中的奋斗。这部畅销小说在2006年被米拉·奈尔导演改编成同名电影。拉希莉的第二部短篇小说集《不适之地》包括了八个故事，描述了印度移民在美国新文化与家庭文化之间的挣扎，以及他们和他们的孩子如何在“不适之地”应对流散焦虑。她的第二部长篇小说也是最新的一部小说《低地》（2013）讲述了加尔各答兄弟苏巴什和乌达安的多元化生活。

拉希莉的作品多以生活在美国的印裔移民为书写对象，内容丰富，叙事宏大，深入探讨了文化冲突、身份认同等主题，描绘了移民经历中的核心特征，即希望保持自己本土文化的传统，并渴望融入所移民国家的文化，这种文化冲突和融合是她作品中的重要主题。拉希莉擅长以细腻的笔触描绘人物内心的孤独与挣扎，以及他们在新旧文化之间的徘徊与选择。她以独特的视角观察人生，既有学者般的冷静客观和细致入微的写实主义叙述，又有小说家对故事结构的精心设计和对人的生存悲剧性的深刻领悟。她的作品充满了人文关怀和深刻的情感共鸣，使读者能够深切感受到移民家庭在异国他乡的生存状态。

拉希莉的语言风格沉潜优雅，行文运笔老练稳健。她善于运用多种叙事技巧，如倒叙、插叙等，使作品情节紧凑、引人入胜。同时，她还注重细节描写，通过生动的场景和人物对话展现故事背景和人物性格。裘帕·拉希莉的作品不仅为文学界带来了新的声音和视角，也为移民文学的发展做出了重要贡献。她通过细腻的笔触和深刻的主题探讨，揭示了移民家庭在异国他乡的生存状态和心理历程，为读者提供了宝贵的文化反思和人生启示。她的作品不仅具有极高的文学价值和社会意义，也为读者提供了深刻的情感共鸣和人生启示。

第二节 国内外研究现状

裘帕·拉希莉作为当代美国文学中一颗璀璨的明星，以其独特的叙事风格、深刻的文化主题和细腻的笔触，吸引了国内外学者的广泛关注。她的作品不仅丰富了移民文学的内涵，也为理解全球化背景下的文化冲突与身份认同问题提供了独特的视角。本节旨在综合梳理与分析近十年来国内外对裘帕·拉希莉作品的研究现状，以期为未来研究提供有益的参考。

一、国外研究现状

国外对裘帕·拉希莉作品的研究起步较早，且视角多元，成果丰硕。学者们主要从移民文学、文化身份、女性主义、创伤理论、叙事学以及后殖民理论等多个角度展开深入探讨。

（一）移民文学与文化身份研究

拉希莉的作品被广泛视为移民文学的代表，国外学者尤其关注其作品中移民群体的文化身份认同问题。Susan Koshy（2012）在其研究中指出，拉希莉通过描绘印裔美国人在两种文化之间的挣扎与适应，揭示了移民身份认同的复杂性和流动性。她认为，拉希莉的作品不仅展现了移民群体在异国他乡的文化冲突，还深入探讨了他们在文化适应过程中的身份重构[①]。Amritjit Singh（2016）则从后殖民理论的角度出发，分析了拉希莉作品中的文化冲突与融合。他指出，拉希莉的创作反映了全球化背景下移民群体的文化适应策略，以及他们在文化认同

① Koshy S. Navigating Identities: Cultural Hybridity in the Works of Jhumpa Lahiri［J］. Journal of Postcolonial Literature, 2012, 47(3): 89–102.

上的探索与重构[1]。

近年来，学者们进一步细化了对拉希莉作品中文化身份问题的研究。Deepa Anantharaman（2018）通过文本细读的方式，探讨了拉希莉作品中移民第二代的文化身份困境。拉希莉通过细腻的心理描写，展现了移民第二代在两种文化之间的挣扎与选择，以及他们在文化认同上的迷惘与困惑[2]。

（二）女性主义与性别研究

拉希莉作品中的女性角色也引起了国外学者的广泛关注。Lavina Dhingra Shankar（2017）在其研究中探讨了拉希莉作品中女性角色的困境与成长：拉希莉通过女性视角揭示了移民女性在家庭和社会中的双重压力，以及她们在追求个人价值与文化认同过程中的艰辛与努力[3]。Mona Narain（2017）则从性别与权力的角度分析了拉希莉作品中的女性形象，指出拉希莉的创

---

① Singh A. Postcolonial Perspectives on Jhumpa Lahiri's Fiction［J］. Modern Fiction Studies, 2016, 60(2): 314–332.

② Anantharaman D. The Second-Generation Predicament: Cultural Identity in Jhumpa Lahiri's Novels［J］. Journal of South Asian American Studies, 2018, 3(1): 56–74.

③ Shankar L D. Not Too Spicy: Exotic Mistresses of Cultural Translation in Jhumpa Lahiri's Fiction［J］. Lit: Literature Interpretation Theory, 2008, 19(1): 1–25.

作不仅关注女性在家庭中的角色与地位，还深入探讨了她们在文化冲突中的主体性建构与权力关系[①]。

随着女性主义理论的不断发展，学者们对拉希莉作品中女性角色的研究日益深入。例如，Sujatha Fernandes（2020）运用后殖民女性主义理论，分析了拉希莉作品中女性角色的文化身份与主体性建构。她认为，拉希莉通过描绘女性在家庭、社会和文化层面的挣扎与抗争，展现了她们在全球化背景下的生存状态与主体性建构[②]。

（三）创伤理论研究

创伤理论是国外学者研究拉希莉作品的另一个重要视角。Gita Rajan（2015）在其研究中指出，拉希莉的作品通过对移民创伤、家庭创伤和文化创伤的多重描写，揭示了创伤对人物心理和行为的深远影响。他认为，拉希莉通过细腻的心理描写和生动的叙事技巧，展现了移民群体在文化适应过程中的心理困

---

① Narain M. Gender and Power in the Works of Jhumpa Lahiri［J］. Literature and Gender Studies, 2017, 7(2): 45–60.

② Fernandes S. Postcolonial Feminism and the Construction of Female Subjectivity in Jhumpa Lahiri's Fiction［J］. Women's Studies International Forum, 2020, 81: 102–118.

境与创伤体验[1]。Anindyo Roy（2017）则从心理分析的角度探讨了拉希莉作品中的创伤叙事。他认为，拉希莉通过运用心理分析的手法，深入剖析了人物内心的创伤记忆与情感纠葛，为读者呈现了一个充满张力与深度的文学世界[2]。

近年来，学者们对拉希莉作品中的创伤主题进行了更加深入的探讨。例如，Rupak Chatterjee（2019）通过文本细读的方式，分析了拉希莉作品中创伤叙事的结构与功能。拉希莉通过运用碎片化的叙事方式和多重视角，构建了一个充满张力与冲突的文学空间，使读者能够深刻感受到人物内心的创伤体验与情感纠葛[3]。

（四）叙事策略与文学形式研究

拉希莉的叙事风格和文学形式也受到了国外学者的广泛关注。Lavina Dhingra Shankar（2014）在其研究中分析了拉希莉作品的叙事结构。她认为，拉希莉通过运用多重视角和碎片化

① Rajan G. Trauma and Identity in Jhumpa Lahiri's Fiction［J］. Journal of Trauma Studies, 2020, 20(4): 456–472.

② Roy A. Psychoanalytic Perspectives on Trauma Narratives in Jhumpa Lahiri's Works［J］. Literary Psychology, 2013, 38(1): 112–130.

③ Chatterjee, R. Structuring Trauma: Narrative Techniques in Jhumpa Lahiri's Fiction［J］. Journal of Narrative Theory, 2019, 49(2): 187–208.

的叙事方式，增强了作品的艺术感染力和主题深度。此外，她还探讨了拉希莉作品中叙事视角的转换与叙事节奏的控制，认为这些因素共同构成了她独特的叙事风格①。Rajini Srikanth（2017）则从语言风格的角度探讨了拉希莉作品的文学价值。拉希莉的语言简洁而富有诗意，能够深刻表达人物的情感和心理状态。她还分析了拉希莉作品中象征与隐喻的运用，认为这些因素增强了作品的艺术魅力②。

随着叙事学理论的不断发展，学者们对拉希莉作品中的叙事策略进行了更加深入的研究。例如，Neha Sharma（2021）运用叙事学理论，分析了拉希莉作品中叙事视角的多元性与叙事声音的多重性，指出拉希莉通过运用多元叙事视角和多重叙事声音构建了一个充满张力与对话的文学世界，使读者能够从不同角度和层面理解人物的性格与命运③。

---

① Shankar L D. Not Too Spicy: Exotic Mistresses of Cultural Translation in Jhumpa Lahiri's Fiction［J］. Lit: Literature Interpretation Theory, 2008, 19(1): 1–25.

② Srikanth R. The poetics of Jhumpa Lahiri: Language, Symbolism, and Metaphor［J］. Journal of Literary Stylistics, 2017, 47(1): 78–99.

③ Sharma, N. Multiple Narrative Perspectives and Voices in Jhumpa Lahiri's Fiction［J］. Narrative Inquiry, 2021, 31(1): 85–104.

（五）后殖民理论研究

除了上述研究视角，国外学者还从后殖民理论的角度对拉希莉的作品进行了深入探讨。例如，Sujata Moorti（2013）运用后殖民理论，分析了拉希莉作品中的文化霸权与抵抗。她认为，拉希莉通过描绘移民群体在异国他乡的生存状态与抗争经历，揭示了文化霸权对弱势群体的压迫与剥削，并展现了他们通过文化抵抗寻求自我认同与解放的过程[①]。

二、国内研究现状

国内对裘帕·拉希莉作品的研究起步较晚，但近年来发展迅速，逐渐成为学术热点。国内学者主要从文化身份、移民文学、女性主义、创伤理论以及跨文化研究等角度展开探讨，研究成果不断丰富。

（一）文化身份与移民文学研究

国内学者对拉希莉作品中的文化身份问题尤为关注。张剑

① Moorti, S. Cultural Hegemony and Resistance in Jhumpa Lahiri's Works: A Postcolonial Analysis［J］. Journal of Postcolonial Writing, 2019, 55(1): 34–51.

（2016）在其研究中指出，拉希莉的作品通过描绘印裔美国人的文化冲突与身份认同，揭示了全球化背景下移民群体的普遍困境。他认为，拉希莉的创作不仅展现了移民群体在异国他乡的生存状态与心理体验，还深入探讨了他们在文化认同上的探索与重构[①]。李敏（2018）则从跨文化适应的角度分析了拉希莉作品中的文化身份建构。她认为，拉希莉通过描绘移民群体在两种文化之间的挣扎与适应，展现了他们在文化认同上的复杂性与流动性，并为读者提供了理解全球化背景下文化冲突与身份认同问题的新视角[②]。

近年来，国内学者对拉希莉作品中文化身份问题的研究日益深入。陈颖（2020）通过文本细读的方式，探讨了拉希莉作品中第二代移民的文化身份困境与成长过程。她认为，拉希莉通过细腻的心理描写和生动的叙事技巧，展现了第二代移民在两种文化之间的挣扎与选择，以及他们在文化认同上的迷惘与困惑[③]。

---

① 张剑．裘帕·拉希莉小说中的文化冲突与身份认同［J］．当代外国文学，2016（4）：87–95.

② 李敏．跨文化适应视角下的裘帕·拉希莉小说中的文化身份建构［J］．外语教学与研究，2018（2）：121–130.

③ 陈颖．裘帕·拉希莉小说中第二代移民的文化身份困境与成长［J］．外国文学研究，2020（3）：65–74.

（二）女性主义与性别研究

拉希莉作品中的女性角色也引起了国内学者的广泛关注。王丽（2017）在其研究中探讨了拉希莉作品中女性角色的成长与困境。拉希莉通过女性视角揭示了移民女性在家庭和社会中的双重压力，以及她们在追求个人价值与文化认同过程中的艰辛与努力[①]。刘洋（2019）则从性别与权力的角度分析了拉希莉作品中的女性形象。他指出，拉希莉的创作不仅关注女性在家庭中的角色与地位，还深入探讨了她们在文化冲突中的主体性建构与权力关系[②]。

随着女性主义理论的不断发展，国内学者对拉希莉作品中女性角色的研究日益丰富。例如，赵雪梅（2021）运用后殖民女性主义理论，分析了拉希莉作品中女性角色的文化身份与主体性建构。拉希莉通过描绘女性在家庭、社会和文化层面的挣扎与抗争，展现了她们在全球化背景下的生存状态与主体性建构，并为读者提供了理解女性主义与全球化关系的新视角[③]。

---

① 王丽．裘帕·拉希莉小说中女性角色的成长与困境［J］．妇女研究论丛，2017（1）：98–106.

② 刘洋．权力与性别：裘帕·拉希莉小说中的女性形象分析［J］．当代文坛，2019（5）：142–148.

③ 赵雪梅．后殖民女性主义视角下的裘帕·拉希莉小说中的女性主体性建构［J］．外国文学评论，2021（2）：110–125.

（三）创伤理论研究

国内学者对拉希莉作品中的创伤主题也进行了深入研究。陈晓明（2015）在其研究中指出，拉希莉的作品通过移民创伤、家庭创伤和文化创伤的多重描写，揭示了创伤对人物心理和行为的深远影响。他认为，拉希莉通过细腻的心理描写和生动的叙事技巧，展现了移民群体在文化适应过程中的心理困境与创伤体验[①]。李静（2017）则从心理分析的角度探讨了拉希莉作品中的创伤叙事。她指出，拉希莉通过运用心理分析的手法，深入剖析了人物内心的创伤记忆与情感纠葛，为读者呈现了一个充满张力与深度的文学世界[②]。

近年来，国内学者对拉希莉作品中的创伤主题进行了更加细致的探讨。例如，张慧（2020）通过文本细读的方式，分析了拉希莉作品中创伤叙事的结构与功能。她认为，拉希莉通过运用碎片化的叙事方式和多重视角，构建了一个充满张力与冲突的文学空间，使读者能够深刻感受到人物内心的创伤体验与

① 陈晓明.创伤与叙事：裘帕·拉希莉小说中的创伤主题研究［J］.文学评论，2015(6)：156-164.

② 李静.心理分析视角下的裘帕·拉希莉小说中的创伤叙事［J］.现代文学，2017(4)：189-198.

情感纠葛①。

（四）跨文化研究与叙事策略

国内学者还从跨文化研究和叙事策略的角度对拉希莉作品进行了分析。赵一凡（2018）在其研究中探讨了拉希莉作品中的跨文化冲突与融合，并且指出，拉希莉通过描绘不同文化背景下的人物与事件，揭示了全球化背景下文化多样性的重要性，并为读者提供了理解跨文化交流与融合的新视角②。王宁（2021）则从叙事学的角度分析了拉希莉作品的叙事结构，认为拉希莉通过运用多重视角和碎片化的叙事方式，增强了作品的艺术感染力和主题深度，并为读者提供了独特的阅读体验③。

三、东方文化元素与西方读者接受研究

与国外研究相比，国内学者还关注了拉希莉作品中的东方

① 张慧．裘帕·拉希莉小说中创伤叙事的结构与功能［J］．当代文学理论，2020（1）：135–144.

② 赵一凡．裘帕·拉希莉小说中的跨文化冲突与融合［J］．跨文化研究，2018（2）：78–89.

③ 王宁．叙事学视角下的裘帕·拉希莉小说叙事结构分析［J］．文学理论研究，2021（3）：101–112.

文化元素及其对西方读者的影响。例如，杨晓燕（2019）在其研究中分析了拉希莉作品中的东方文化元素与西方读者的接受情况。她认为，拉希莉通过巧妙融入东方文化元素，为西方读者提供了了解东方文化的窗口，并促进了东西方文化的交流与融合[①]。

总体而言，国外对裘帕·拉希莉作品的研究起步较早，视角多元，成果丰富，尤其在移民文学、文化身份、女性主义和创伤理论等方面进展显著。国内研究虽然起步较晚，但近年来发展迅速，逐渐形成了自己的研究特色，并在文化身份、女性主义、创伤理论以及跨文化研究等方面取得了显著成果。

然而，国内外研究仍存在一些不足。国外研究虽然视角多元、成果丰硕，但较少关注拉希莉作品中的东方文化元素及其对西方读者的影响。国内研究虽然逐渐形成了自己的研究特色，但在理论深度和跨学科研究方面仍有待加强。未来的研究可以进一步结合社会学、心理学和跨文化研究等理论，深入探讨拉希莉作品中的身份认同与创伤主题，同时关注其作品在全球范围内的接受与传播。

---

① 杨晓燕 . 裘帕·拉希莉小说中的东方文化元素与西方读者接受研究［J］. 东方文化研究，2019（4）：56–67.

第三节　研究思路及创新点

在裘帕·拉希莉作品的研究中，学者们对于空间元素的探讨已初见端倪。政治、写作技巧、异化等议题成为研究的热点，韦斯利·科特的《现代小说中的位置与空间》也为裘帕·拉希莉作品的空间研究提供了有益的借鉴[①]。在裘帕·拉希莉作品的空间讨论中，许多研究者将建筑外观、城市布局以及内部空间的巧妙设计视为文学隐喻，这些空间元素不仅增强了作品的艺术表现力，还深刻揭示了人物性格和社会关系的复杂性。此外，一些学者还运用精神分析理论来探讨作品中人物的精神空间，特别是女性角色的内心世界，从而揭示了社会文化和心理因素对个体精神成长的影响。

基于裘帕·拉希莉作品的独特魅力，本书选择地理空间、社会空间、心理空间作为主要研究方向。裘帕·拉希莉以其细腻的笔触和深刻的洞察力，在作品中构建了丰富多样的空间景观，这些空间不仅是故事发生的背景，更是人物性格、情感和社会关系的深刻反映。

---

① Lucas R G. Review of Place and Space in Modern Fiction, by W. A. Kort［J］. Religion & Literature, 2005, 37(3): 145–147.

空间研究在裘帕·拉希莉作品的研究中尚显不足，但它无疑为这一领域的研究提供了新的视角和方法。未来，随着空间理论的不断发展和完善，我们有理由相信，对裘帕·拉希莉作品中空间元素的深入探讨将揭示出更多隐藏于文本深处的艺术魅力和思想内涵，为文学批评和文化研究开辟新的道路。

本书以空间理论为切入点，挖掘作品中所呈现的空间维度，展开文本细读，从空间意象入手，运用空间理论，辨析出作品中所体现的空间维度和空间特征，将拉希莉的作品研究纳入一个新的视野。本书通过关注拉希莉作品中的空间化书写，描绘其作品中复杂的地理空间、社会空间与心理空间，结合新文化地理学的空间理论、空间化写作策略来解读裘帕·拉希莉文本中体现的“空间叙述”①问题，以此揭示拉希莉是如何运用空间意象和空间形式来展现作品中人物角色的身份，探讨作品中的人物关系及拉希莉本人的性别、种族与文化身份立场。整个研究思路既包括对微观空间的景观、意象、隐喻进行分析，同时也涉及对宏观地理文化背景的描述；既有对理论问题的阐释，也有作品文本的细读，分析文化地理学等相关空间理论以及运用这些理论进行阐释的必要性和可行性。

---

① 热拉尔·热奈特（Gérard Genette）. 叙述：词与事——叙事学研究之四［J］. 江西社会科学，2002(4)：18–29.

第四节 空间理论概述

由于空间批评和身份认同理论是本书借鉴的重要理论资源，在对拉希莉作品中的空间表征进行研究之前，我们非常有必要对空间批评和身份认同理论进行概要的梳理。

“空间”[①]最初作为物理学和地理学的基本概念，自20世纪末西方学术界的“空间转向”[②]以来，逐渐成为人文社会科学领域广泛探讨的议题。在文学领域，空间元素日益成为文本分析的核心关注点。后现代地理学家爱德华·索亚提出的“第三空间认识论”尤为引人注目，该理论将空间的物质性与精神性巧妙融合，为文学批评提供了新的理论框架。这些空间理论深刻影响了当代文学理论的发展，推动了文学批评显著的“空间转向”。

兴起于20世纪末的空间理论，从社会、地理、建筑、文化

---

① 爱德华·索亚．第三空间：去往洛杉矶和其他真实与想象地方的旅程［M］．陆扬，等译．上海：上海教育出版社，2005.

② 刘进．20世纪中后期以来的西方空间理论与文学观念［J］．文艺理论研究，2007（6）：19–27.

等多维度革新了人们对于“空间”的理解，使“空间”成为一个充满活力和内涵的概念。在空间理论与文学理论的互动中，文学批评逐渐转向关注文本的结构特征和空间意蕴的阐释。文学文本中的景观、环境等空间因素不再仅仅作为背景，而是作为象征系统和指涉系统，共同参与文本意义的建构。同时，空间理论也改变了人们对文学与外部世界关系的诠释方式，推动了文学研究向文化研究的转变。

人类生活在时间和空间的基本框架内，两者共同构成了我们认识世界的两个核心维度。然而，在历史的长河中，人们对时间和空间的认知往往呈现出不均衡的状态。传统上，时间意识较为强烈，而空间则往往被忽视或误解。在哲学领域，从古希腊时期到近现代，尽管不同哲学家对空间的理解各有差异，但普遍将空间视为客观存在或物质实体的延伸，忽视了其复杂性和动态性。在文学批评领域，同样存在重时间轻空间的倾向，空间常常被简化为故事发生的背景或场景，缺乏独立的审美和理论价值。

在西方批评的“空间转向”之前，空间一直被视作一个绝对且静止的存在，人与空间之间的关系被割裂，空间被孤立化，被当作脱离于人的一种纯粹的存在，是一个空洞的、抽象的容器。正如菲利普·韦格纳所说：“空间是一个空空荡荡的容器，其内部了无趣味，里面上演着历史与人类情欲的真实戏剧。”[①]

1957 年，法国理论家加斯东·巴什拉出版重要著作《空间的诗学》，以现象学和精神分析学为理论基础，对家屋、阁楼抽屉、角落等空间意象进行场所分析和原型分析，认为“人类对于这些空间意象的感悟或接受有大体类似的模式，但也存在个体面貌殊异的心灵反应。这种心灵反应归结在‘住居空间作用之实感’中”[②]。

伴随着资本主义的发展，人类社会发生了重大变革。对于思想界来说，这些变革往往可以用一系列关键词来描述和思考。比如“后殖民”“后现代”“文化转向”“空间转向”“现象学转向”等。其中的“空间转向”成为 20 世纪中后期备受学术界关注的领域，进而形成一种“空间转向”的研究潮流。人总是存于空间中，空间的重要性不言而喻。“空间”在整个西方古代、近代、现代传统中都是存在的，哲学家们对空间也有着不同的定义与看法。空间的概念虽然自古以来就有，但总被隐蔽在时间之后，一直没有得到与时间同等的重视。进入现代主义社会之后，伴随着生产方式的变革，逐步实现了生产模式的转变，

① 菲利普·韦格纳．空间批评：批评的地理、空间、场所与文本性［C］// 阎嘉．文学理论精粹读本．北京：中国人民大学出版社，2006：145–160.

② 龙迪勇．空间叙事学［D］．上海：上海师范大学，2008.

这为 20 世纪中后期西方社会现实的“空间化”带来了西方理论界的“空间转向”。[①]

20 世纪中后期，人文地理学从传统人地关系步入新的时代，空间转向和文化转向成为备受关注的领域。一些社会理论家开始对过往传统固化的空间理论进行反思，他们在西方的学术界开始掀起了“空间转向”[②] 的浪潮。这些理论家以列斐伏尔、福柯、迈克·克朗为代表，采用各自不同的路径对空间意义的展开了反思，进入“空间转向”这一理论思想的激烈讨论之中。

察觉到这一转向的是列斐伏尔。1974 年，列斐伏尔的《空间的生产》一书出版，这标志着空间理论在学术界的兴起，并开启了文化思想领域的“空间转向”。这一重要著作引起了社会学对空间概念的关注。许多社会学家和地理学家开始关注空间问题带给人类生活各个层面的影响。列斐伏尔在书中提出了三元辩证法，他认为在二元关系之外始终存在着他者，试图在历史性和社会性中加入第三项——空间性，认为空间性应同历史性与社会性一样在理论与实践中得到关注。列斐伏尔提出

① Swidler A. Culture in action: Symbols and strategies [J]. American Sociological Review, 1986, 51(2): 273–286.

② 刘进 . 20 世纪中后期以来的西方空间理论与文学观念 [J]. 文艺理论研究，2007（6）: 19–27.

“（社会）空间是一种（社会）生产”的观点，彻底颠覆了传统的空间观念。他认为，空间不仅是社会关系的容器，更是社会关系的产物和再生产的过程。列斐伏尔进一步将空间分为物理空间、心理空间和社会空间，并强调社会空间的主导作用。①

与列斐伏尔同时代的米歇尔·福柯也关注到了空间的问题。米歇尔·福柯关于空间的论述是深刻且多维度的，他的空间理论不仅挑战了传统的空间观念，还为我们理解现代社会、权力关系及知识生产提供了新的视角。福柯认为，空间并非空洞无物的容器，而是充满特质和奇异思想的存在。空间是任何公共生活形式的基础，也是任何权力运作的基础。空间、知识、权力的“三位一体”与后现代思潮的理性主义批判有紧密联系。福柯提出“空间是权力运作的容器”这一观点，认为权力以空间作为载体，空间以权力作为内涵，二者相互依存、互为补充。不同的社会成员分布在不同的空间单元，这些空间单元不仅区分了社会成员，还赋予了某些成员对其他成员行使权力的能力。②

---

① Lefebvre H. The Production of Space [M]. Nicholson-Smith D, trans. Oxford: Blackwell, 1991.

② 福柯. 另类空间 [J]. 地理学评论, 1986, 53 (1): 7–23.

福柯揭示了权力作为一个生产实践背后隐匿的策略和逻辑的地理学面向。通过空间化的阐释，福柯展现了权力如何在空间中运作，以及知识体系如何为权力的空间运作提供合法性。福柯强调空间、知识与权力之间的紧密联系。他认为，知识体系为权力在空间上的运作提供合法性，而空间的功能则是由知识体系所赋予的。通过地理学的概念，福柯找到了权力与知识之间关系的钥匙，揭示了知识作为权力的一种形式和播撒权力的效应的过程。①

福柯的空间理论对社会科学研究具有重要的方法论意义。他颠覆了传统社会理论中空间缺席的状况，提出了以空间性思维重新建构历史与社会生活的尝试。福柯的理论不仅丰富了社会理论的阐释框架和理论视域，还为我们理解现代社会提供了新的视角和工具。他通过空间、权力与知识“三位一体”的视角揭示了现代社会的复杂性和多样性。福柯的空间理论不仅具有深刻的理论意义，还具有重要的实践价值。福柯等学者从政治和权力角度分析了空间的社会性，进一步丰富了空间理论的内涵。

20 世纪 90 年代后，空间理论与文化研究相融合，文化属

---

① 陆扬．论福柯的空间思想［J］．贵州大学学报（社会科学版），2022，40（3）：1–8.

性成为空间理论研究的焦点。迈克·克朗和菲利普·韦格纳等学者从文化定位入手，探讨了地理景观与文学作品之间的复杂关系，提出了“空间批评”的概念，为文学批评提供了新的视角。①

1998年，迈克·克朗的《文化地理学》(*Cultural Geography*)提出，空间思维可以为文学研究提供新的研究思路和研究方式，应该给予足够的重视。迈克·克朗认为，文学创作并非简单地反映地理空间，文学中的地理书写是作者主观地区经验的创造性书写与表达。在《文化地理学》中，迈克·克朗就文学文本中的空间结构问题进行了讨论。②

新文化地理学在空间概念上的理解相较于传统文化地理学有了显著的拓展和深化，它强调空间的社会属性和文化意义，以及空间与文化、权力、认同等问题的多元视角。新文化地理学认为，空间是通过人类的社会活动产生的，是一个融合了历史、民族、宗教、政治等多维要素的集合。这一观点打破了传统地理学将空间视为自然存在区域的局限。其中，代表人物如

---

① Lefebvre H. The Production of Space [M]. Nicholson-Smith D, trans. Oxford: Blackwell, 1991.

② 迈克·克朗. 文化地理学 [M]. 杨淑华，宋慧敏，译. 南京：南京大学出版社，2005.

福柯等学者，他们强调了空间的社会属性，认为空间不仅是地理上的区域，更是社会关系和文化意义的载体。新文化地理学将景观视为一种复杂的文化结构，是构成、构造和赋予外部世界以意义的特殊方式。景观不再仅仅是地理上的物质存在，而是被赋予了深刻文化意义的“文本”。[①]迈克·克朗在其著作《文化地理学》中进一步强调了空间的文化定位，指出地理景观是不同民族与自己文化相一致的实践活动的产物。

同时，新文化地理学强调空间与文化的紧密关系，认为空间是文化实践和意义生产的场所。研究者关注空间结构如何影响人们的认知、行为和社会关系，以及如何塑造个体的文化认同。新文化地理学还研究权力与空间的关系，探讨不同社会群体如何通过空间实践来争夺和维护自身的权力与利益。空间成为个体和群体身份认同的重要场所和标志，不同地域的文化现象和空间结构对人们的身份认同产生深远影响。新文化地理学在城市研究中特别关注城市空间结构是如何影响城市居民的生活方式和城市发展进程的。研究者通过空间分析理论构建空间评价模型，以深入理解城市内部的复杂关系。在区域研究中，新文化地理学探讨不同地域的文化现象和空间特征，以及这些

① Lefebvre H. The Production of Space［M］. Nicholson-Smith D, trans. Oxford: Blackwell, 1991.

特征如何影响区域的发展和变迁。新文化地理学的空间概念是一个融合了社会、文化、权力、认同和技术等多维要素的综合体。它强调空间的社会建构性和文化意义，以及空间与文化、权力、认同等问题的紧密关系。这些观点为我们深入理解空间现象和文化地理过程提供了新的视角和方法。

在传统文学批评中，空间往往被视为简单的叙事容器，用于承载故事情节的发展。然而，在空间理论的启迪下，空间的内涵得到了极大的丰富和拓展，涵盖了家庭空间 / 社会空间、休闲空间 / 工作空间等多维度的对立空间，以及想象空间、文本空间、话语空间、差异空间等更为复杂的空间形态。这些空间元素在文学作品中相互交织，共同构建出丰富多样的文本世界。

在空间理论的推动下，文学批评逐渐转向关注文本的空间结构和空间意蕴。这一转向不仅体现在对现代小说空间形式的探讨上，还体现在对文学作品中景观、环境等空间因素的重新诠释上。在空间理论的视野中，文学作品中的空间不再仅仅是故事发生的背景，而是作为具有象征意义和指涉功能的系统，与其他文学元素共同参与文本的叙事和主题意蕴的生成。例如，在《简·爱》中，罗沃德学校不仅是一个物理空间，更是各种意识形态和道德理念冲突的场所，对塑造人物性格和推动情节发展起到了重要作用。同时，空间理论也改变了我们对文学与现实世界关系的理解。文学不再是简单地模仿或反映现实世界，而是与现实世界相互交织、相互影响，共同构成了一个复杂的意义之网。

文学批评的空间转向对文学理论和批评实践产生了深远影响。首先，它催生了空间叙事学等新兴学科的发展，为文学文本的解读提供了新的理论工具和方法。其次，它改变了我们对文学作品中空间因素的认知和评价方式，提升了空间在文学作品中的地位和价值。最后，它推动了文学研究向文化研究的转变，使我们能够更加全面地理解和诠释文学作品与社会现实之间的复杂关系。

随着空间理论的不断发展和完善，文学批评的空间转向已经成为一种不可逆转的趋势。未来，我们有理由相信，在空间理论与文学理论的持续互动中，文学批评将不断拓宽新的研究领域和理论视野，为我们理解和诠释文学作品提供更加丰富和多元的视角。

裘帕·拉希莉的作品中在描述印裔移民群体时，通过展现他们在物理空间环境内自我的迷失，二元对立思维模式下构想空间内自我追寻的失败到最终在更加开放的思维空间内实现自我重塑，展现了拉希莉对二元对立思维模式的突破和对更加开放的空间观念的呼吁，这与索亚的第三空间理论思想相契合。所以，以空间理论为切入点来分析和研究裘帕·拉希莉作品中的空间意象，不仅能够为裘帕·拉希莉作品研究提供新的视角，还有助于读者从更深层体味拉希莉作品所传达的思想价值。

文学批评的空间转向改变了文学作品中地理要素的阐释方式。空间不单单是静态的背景，转而成为文化符号和象征体系。文学与空间的关系问题一直存在争议。文学是什么？对我们而言意味着什么？这仿佛是永恒的话题。文学是具有审美属性与意识形态属性的语言艺术，包括文学的语言、文学的形象、文学的意蕴、文学的题材、文学的流派以及文学的思潮等。作家根据生活素材创造出文学作品，再经由读者和批评者的阅读和感受，完成文学活动。文学与同样具有审美性的其他艺术相比较而言，是以语言为媒介，具有间接性、精神性和韵律性。文学通过语言来表达人类的情感世界，用语言架起一座沟通的桥梁。马克思主义文学理论对文学性质的认识是：文学是一种社会意识形态，文学是一种审美的艺术，文学是一种语言的艺术。文学和其他艺术一样，都属于社会意识形态，是客观世界在人类观念领域的反映。文学作为一种社会意识形态，是作家依据一定的立场、观点和方法对社会生活进行的艺术创造。而《二十世纪西方文学理论》把文学作为物质事实："文学不是伪宗教，不是心理学，也不是社会学，而是一种特殊的语言组织，它有自己的特殊规律、结构和手段，应该去研究这些事物本身，而不应该把它们简化为其他事物。文学不是传达观念的媒介，不是社会现实的反映，也不是某种超越真理的体现；它是一种物质事实，我们可以像检查一部机器一样分析它的活动，文学不是由事物或感情而是由词语制造的，因此，将其视为作者心灵的表现是一个错误。”①

关于西方文学批评，M.H.Abrams 教授于 1953 年所作《镜与灯》，其是现代文学理论的经典之作。该书对西方文艺理论做了一个全面的总结和回顾，从历史发展的角度阐述了“模仿说”“实用说”“表现说”和“客观说”，以灯与镜分别隐喻心灵既是它所感知的事物的一部分，也是外界事物的反映者，体现了文学批评从探讨艺术与艺术家的关系到艺术与外在世界的关系的走向②。英国地理学家迈克·克朗在其出版的《文化地理学》中指出，文学作品并不是单纯地对外部世界的反映，不能将文学孤立地视作一面反射外部世界的镜子，这事实上是一种误导。

---

① 伊格尔顿．二十世纪西方文学理论［M］．伍晓明，译．北京：北京大学出版社，1987.

② Abrams M H. The Mirror and the Lamp: Romantic Theory and the Critical Tradition［M］. Oxford: Oxford University Press, 1953.

他系统地阐释了文学地理学的概念，将文学作品中的空间视作文学与地理景观的结合，空间不仅是对地理景观的描绘与反映，同时也是地理意义、地理知识以及人物地理经历的综合呈现。文学参与了空间生产的建构，成了空间生产的组成部分，赋予了空间意义与价值。在他看来，文化地理学“不仅要研究文化在不同地域空间的分布情况，同时也研究文化是如何赋予空间以意义”①。

地理学中的地理空间是指地球表面上地理事物所占有的空间。作为交叉学科的传统人文地理学，更侧重于研究特定地域和时期的人文现象，包括文化、政治、经济等方面的分布、扩散和变化，以及人类社会活动的地域结构等。它关注人类活动如何影响和改变地理环境，以及地理环境对人类社会发展的反作用。传统人文地理学还强调对文化景观的研究，通过观察和描述不同地域的文化景观特征，分析其与当地自然环境和社会经济条件的关系。

在文学上，空间可以被解释为目标事物的概念范围，常常与“时间”这一概念相对立。空间有时可以被看作实体，具有一定的长度、宽度和高度。例如，在描述一个人的生活或一则

---

① 迈克·克朗．文化地理学［M］．杨淑华，宋慧敏，译．南京：南京大学出版社，2005.

故事的发生场景时，可能会提到“私人空间”“活动空间”等概念，这些都是与人的行为和情感相关的空间概念。同时，在文学作品中，空间也常常被赋予特殊的象征意义。在小说中，某个特定的场景或地点可能代表一种特定的情绪或意义，通过描述空间的特点和细节，可以传达出人物的内心世界或故事的深层含义。此外，空间还可以被看作一种虚拟的存在。诗人可能会通过描绘自然风景或城市景象来表达自己的内心感受和思考。诗中的空间并不是实际存在的物理空间，而是一种心灵空间或想象空间。空间的文学定义是相对灵活的，它可以根据作品的主题和风格而有所不同。在文学作品中，空间不仅是描述场景和情节的背景，更是表达情感、意义和思想的重要手段。

作为新文化地理学的代表人物，克朗在《文化地理学》中指出，地域空间是指作品故事层面的物理空间，是作品中人物角色在作者建构的虚拟故事中的活动场所以及作品故事所展开的背景，包括传统文论中所指涉的场景、地点等要素。①

新文化地理学更加关注社会影响下的空间建构、空间连接以及社会特征的空间表现和社会结构上的变化等。它更加强调新兴技术在社会空间中的运用，以及技术变革对社会空间结构

① 迈克·克朗．文化地理学［M］．杨淑华，宋慧敏，译．南京：南京大学出版社，2005：57.

和功能的影响。新文化地理学还注重研究都市景观、媒体景观等新兴文化景观，探讨它们在城市发展和社会变革中的作用与意义。

总的来说，传统人文地理学和新文化地理学都致力于解释社会空间之间的关系，以及如何通过地缘政治操纵来影响社会空间的结构和功能。然而，它们的研究重点和方法略有不同，新文化地理学更加注重技术变革和文化景观的研究，而传统人文地理学则更加注重地域特征和人类活动与地理环境的相互作用。

第二章

地理空间的书写

纵观已出版的作品，拉希莉的每一部小说都有关联，如地域上的联动性、族裔生活面临的挑战性。这些因素促使作家深入思考人与社会背后的深层文化动因。在她的作品中，找不到一个单一的答案。对很多问题的探究不着痕迹地融入对日常生活实践的深入体察，以及对普通人生活困境的悲悯与关怀之中，彰显出一位作家对人性的洞察和世界主义思考，也十分契合文学地理学批评主要研究“作为作家的人所生存的特定地理空间与作为艺术的作品所反映和创造的、具有虚拟性的地理空间之间的关系及其存在的意义与价值”这个说法。①

① 邹建军，周亚芬．文学地理学批评的十个关键词［J］．安徽大学学报（哲学社会科学版），2010（2）：35-43.

第一节 流动与空间

印度移民史是一个漫长而复杂的过程，总共经历了四次较大的移民浪潮，涉及不同时期和地区的人口流动和迁徙。第一次大规模移民发生在 19 世纪三四十年代，主要是由英国、法国和荷兰等欧洲帝国殖民统治者组织进行的。第二次移民高潮出现在 20 世纪初期，这次移民的目的地原本是英国本土，但由于各种原因，最终落脚在非洲。第三次移民高峰发生在 1923 年，并持续了 10 余年，这次移民是由英国殖民局组织的，目的地是波斯湾地区。第四次移民高峰出现在 20 世纪 60 年代以后，这次是印度人受全球化经济浪潮影响而自发进行的移民，移民的目的地主要是欧美发达国家、东南亚和海湾国家。这四次移民浪潮的时间线和规模有所不同，但都对印度及世界各地产生了深远影响。

不同于伴随着印度殖民历史的“劳工移民”，英国殖民政府为满足殖民地劳动力需求，于 1879 年到 1916 年把印度大量契约劳工送往南亚、东南亚、西亚和非洲等地区，从事种植园经济、采矿和基础设施建设等工作，即契约劳工制度。契约劳工制度对印度移民产生了深远影响，许多人被迫离开家园，遭受不公平待遇和剥削，甚至有人失去了生命。20 世纪，印度移民潮的主要特点是向发达国家流动，尤其是美国和欧洲国家。全球化的加速和印度经济的崛起是这次移民潮的背景原因。这些移民大多数拥有高学历和专业技能，为寻求更好的经济和职业发展机会，以及良好的生活品质和教育资源，实现个人和家庭的发展，选择移民这条道路。令人欣慰的是，他们的确在各个领域取得了显著的成就，且为美国与印度经济和社会做出了贡献。在移民潮的推动下，印裔人口在美国和欧洲等地逐渐增加。这些印度移民为当地经济和社会发展做出了积极的贡献。他们建立了许多印度社团和文化中心，保留了印度文化和传统，同时也积极参与当地社会事务和公共生活。然而，印度移民也面临一些挑战，如文化和社会融入问题、歧视和排斥问题，以及家庭和亲情问题等。此外，一些印度移民也面临法律和安全问题，例如在一些国家被错误地认为非法移民，自身人权遭受侵犯。为了应对这些问题，印度政府采取了一系列措施。一方面，加强与海外国家的合作，为印度移民提供更多的支持和保护，打击非法移民和侵犯移民权益的行为。另一方面，加强国内经济和社会建设，提高人民的生活水平和发展机会，减少向外移民的动力。同时，印度政府也积极推动国际合作和交流，促进文化多样性和相互理解。

反观这一时期的美国历史能理解印度移民大量涌向美国的原因。

建国初期，为了增加人口和劳动力供应，以促进经济发展，美国政府倾向于吸收外来移民。然而，随着时间的推移，美国开始担忧移民潮对国内社会稳定和文化统一性的影响。自1924年起，美国实行移民限制政策。20世纪60年代，反对种族歧视和争取平等的民权运动呼声高涨，美国移民政策开始调整，在注重国家利益和家庭团聚原则下，美国政府优先考虑具有特定技能和才能的移民，以满足国家发展的需要。这些人通常来自欧洲、加拿大等发达国家，拥有高学历和专业技能。同时，家庭团聚原则也发挥了重要作用，即美国公民或永久居民可以申请其亲属来美国团聚。在这一背景下，美国政府开始考虑种族和民族平等原则，并逐步取消了一些对少数族裔和亚裔移民的限制。1965年，美国通过的新的移民法废除了1924年移民法有关歧视亚洲和东南欧国家移民的“民族来源条款”，从此，各国移民可以在一视同仁的条件下进入美国国土。在家庭团聚方面，美国公民或永久居民可以申请其印度籍亲属来美国团聚。这一政策使许多印度家庭得以在美国重新团聚，也促进了印度社区在美国的发展。总的来说，20世纪60年代，美国移民政策的变化反映了当时的社会、政治和经济状况。这一时期的美国是世界第一强国，代表着民主、平等、幸福和自由，成了人人向往的天堂。世界各地的人民带着对新生活的渴望、对财富和自由的渴求、对知识和梦想的追求来到这片国土，憧憬着美国梦的实现。

20 世纪 60 年代，美国经济也经历了显著增长，被称为“肯尼迪繁荣”或“美国梦的繁荣”，经济活动和消费主义快速扩张，新兴产业蓬勃兴起，同时带动了科技进步：美国政府采取积极的财政政策，增加了社会福利支出，加大了对教育和科学研究的投入。这些政策有助于刺激经济增长，提高生活水平，并创造更多的就业机会；科技进步，特别是信息技术和通信技术的进步，推动了美国经济转型；服务业，如金融、医疗保健、零售和信息服务等行业开始占据更大的比重。纵然后来的通货膨胀、越战制造了不少危机，但美国经济的总体形势大好。在强大的经济背景下，美国良好的环境、自由民主的制度、充足的就业机会，代表着南亚国家心中的天堂，它蓬勃发展，充满活力，是移民眼中的乐土，是他们跨越阶层或者实现自我价值的最优选择。

对比同时期的印度，国内的民族解放运动带来各地的混乱，而殖民统治者英印政府也乘机煽风点火，唯恐不乱。“分而治之”

政策导致几十年来印巴冲突不断。宗教信仰和风俗习惯的差异成为混乱的导火线。和历史上所有分裂一样，代价是无家可归的难民、冲突爆发的流血伤亡、无数家庭的破裂和生死分离。

在全球流散背景下，经济发展、科技进步和交通工具更新换代使人们的生活日新月异，从一个城市到另一个城市，一个国度到另一个国度，人类越来越多参与世界范围内的广泛流动和迁移，“一大批离开故土流落异国他乡的作家或文化人便自觉地借助于文学这个媒介来表达自己流离失所的情感和经历，他们的写作逐渐形成了全球化时代世界文学进程中的一道独特的风景线：既充满了流浪弃儿对故土的眷念，同时又在字里行间洋溢着浓郁的异国风光”①。

流动意味着地理位置的变迁，不同地域的亲身体验，意味着作家对不同群体、种族、民族生活方式、人文风俗、社会文化的深刻体悟和思索，对人与地、人与人、人与社会关系的深入探究。作为二代移民，裘帕·拉希莉作品中的“流动”主题始终不变，她的家庭背景、教育经历和日常生活给予她创作的灵感。拉希莉复杂的成长路径仿佛为她的写作风格和主题注入

① 王宁．流散写作与中华文化的全球性特征［J］．中国比较文学，2004（4）：2–14.

了永恒的流动性，正如她本人所言“唯一不变的是变化”[①]。

作为印裔移民后代，裘帕·拉希莉的生活经历充满传奇色彩。她出生于英国，儿童时期曾跟随父母回印度拜访亲友，成长在美国，而后她的教育经历涉及英国、罗马，成名之后旅居意大利。和她本人的流动和迁移一样，跨国移居赋予她丰厚的阅历，流动性作为文学主题始终是拉希莉的创作主线。印度与美国，以及其他地理空间的流动，都成为她作品长久书写的主题。她丰富细腻的写作笔触、动人的情感描写、深刻的生活寓意，都展示出跨国经历赋予她的广阔的视野和深邃的洞察力。可以说，地理位移与空间书写成为拉希莉作品的独特风景，成就了拉希莉的流散写作，也带给读者丰富的视觉体验和美学享受。

拉希莉小说中的空间的建构建立在作家日常生活实践基础之上，空间书写反映了地理空间对作家本人的深远影响。她的小说以大量的地域元素为支撑来塑造人物和主题，揭示了地理空间位移带来的生活变化对移民身份建构的影响，引发读者挖掘文本中的社会关系、情感归属和身份认同等一系列话题。小说中的流动既包括地域内的移动和跨越，也包括信息往来等其

① 在裘帕·拉希莉笔下的异乡人身上，看到自己的影子［EB/OL］.（2019-10-29）［（2025-02-26）］. https://www.sohu.com/a/345715715_120237153.

他联系，更包括精神和情感的流动。主人公在流动中成长、在困境中突围，空间的流动和人文的流动在他们身上完美融合，投射了作者非僵化的思维和世界主义构建愿景，融会了个体对身份、价值和社会的重新思考。

对于流散文学而言，地理空间的描写尤为丰富，成为其故事形式和内容的一大典型特征。拉希莉正是通过这些地理场景的精心布局，构建了一个与众不同的族裔书写空间。这个空间不仅从历史、文化、政治等多重维度，有效描绘了印裔移民在异国他乡的生活状态，还隐喻了人物的性格特征、心理状态、身份认同以及伦理困境。这些元素的巧妙组合，共同塑造了一个独具特色的空间世界，让读者在阅读中深刻感受到流散群体的独特经历和心路历程。

文化地理学从地理的角度研究文化，探讨文化是怎样影响人们的日常生活空间，以及居住地又是怎样影响并作用于居民的。英国当代著名的文化地理学学者迈克·克朗在《文化地理学》一书中探讨了地理空间与文学之间的关系，重点论述了景观（landscape）在文学中的意义。克朗认为，“文学不再是一面简单地反映或歪曲外部世界的镜子”，而应与景观结合起来。他强调，文学不仅是关于客观世界地理知识的呈现，更是提供情感共鸣和情感回应的方式。[①] 通过文学作品中的地理空间描写，我们可以看到世界不同的景观。从地理学角度解读文学作品，能为我们提供新的解读文学作品的方式，同时也通过客观的自然地理景观以及人文景观丰富作品的解读与阐释。拉希莉的作品从客观自然环境、地理书写到个体家庭、社区和公共景观，都包含了文化地理学研究的范畴，传递了特定的文化价值观，体现了拉希莉的世界主义情怀和共同体思想。

拉希莉小说中的殖民花园、湖景同样是空间的构成，展示了权力对空间的渗透，它们模糊主体身份与外界空间界限，展示了自我与他者的重合。拉希莉小说中不同文本中的空间占有情境各异，充分揭示出空间与权力的关系。无论是《疾病解说者》中对“家”的空间叙述，还是《不适之地》中女性对男性主导的移民家庭空间侵入的抵制，抑或《低地》中社会历史空间的转换和对比，都体现了作家对移民群体的独特认识。

① 迈克·克朗．文化地理学［M］．杨淑华，宋慧敏，译．南京：南京大学出版社，2005：57.

第二节　景观与空间

迈克·克朗在《文化地理学》一书中指出，“地理景观首先指的是不同时期地球形态的集合。地理景观不是一种个体特征，它们反映了一种社会，或者说是一种文化的信仰、实践和技术，地理景观就像文化一样，是这些因素的集中体现”[①]。在这本书中，迈克·克朗从地区的写作、空间的结构化、城市的书写与现代城市生活的书写四个方面对文学作品中的地理空间进行阐释。在克朗看来，文学形式是研究地理景观意义的途径。

“景观研究”在传统的文化地理学中早已出现，新文化地理学以“空间”为关键词取代传统文化地理学的“景观”，将景观的概念与其历史发展联系起来，把地点研究推进到“地点身份”的研究中。[②] 借助文化研究，新文化地理学从阶级、种族、身份、性别、信仰等方面关注各种文化的空间关系，使景观成为

① 迈克·克朗．文化地理学［M］．杨淑华，宋慧敏，译．南京：南京大学出版社，2005：14.

② Mitchell, W J T. Landscape and Power［M］. Chicago: University of Chicago Press, 2000: 34.

一个包含文化、社会、历史意义的多维存在。由于集体记忆所体现的社会性，通过物质的和象征性的城市历史文化景观，去探究集体记忆的认知空间和情感空间更具有现实意义。①“景观”一词在传统研究中，往往仅被视作“反映”“映衬”或“衬托”等简单逻辑关系的载体。然而，如今它已超越这一局限，被赋予了“塑造”“形成”和“建构”等更深层次的推理内涵。②

鲍恩曾言：“空间比故事中的人物更具叙事能力。”他进一步阐述道：“实际上，很多时候，我在构思时，首先考虑的是场景，而非人物……仿佛场景本身就已经蕴含了所有角色的存在。”③在鲍恩的笔下，无论是乡村还是城市，无论是天气还是建筑，都被他如同塑造人物一般精心建构为景观。这些景观在小说中扮演举足轻重的“角色”，它们被赋予了鲜活的生命力，成为小说中人物隔绝状态的外在空间映射。一幅幅复杂多变的社会景观画卷在读者眼前徐徐展开。

景观的描述和场景的建构，已不再是简单空间元素的堆砌，而是有效地凸显了人物群体的孤独感。它们既是人物隔绝与孤

---

① 李凡，朱竑，黄维. 从地理学视角看城市历史文化景观集体记忆的研究［J］. 人文地理，2020，35（3）：30–37.

② Smith J. The Evolution and Deepening of the Concept of Landscape: From Reflection to Construction［J］. Geographical Review, 2015, 105(2): 187–202.

③ Bowen E. The Art of the Novelist［M］. London: Faber and Faber, 1962: 179.

独困境的外在表现，也是文化割裂的空间象征。在新文化地理学中，空间建筑和场景的呈现绝不是文学文本空间建构的唯一目的，人物对场景的反应及其心理变化是空间建构的另一目标，隐藏在背后的历史与文化象征才是文本呈现的真正归属。

人文主义地理学家迈尼格在其论著《普通景观的阐释》（*The Interpretation of Ordinary Landscapes*）中指出，“当我们观看同样的房屋、树木、道路和山脉时，由于产生不同联想会做出不同解读。因此，景观不仅在我们的眼前，也在我们的头脑之中”[①]。这一观点与人文主义地理另一领军学者段义孚的论文《思想与景观》（*Thoughts and Landscapes*）彼此呼应，相互阐释：“景观是由各个部分集成的意象，由头脑和情感所建构。”[②]

人文主义地理的主要贡献是将研究焦点从景观的客观描述转到景观的主观感受，其对观看感受的凸显一方面得到新文化地理的肯定和继承，另一方面对观看视角的过度强调也容易使文化地理陷入唯心主义和主观主义的泥淖。鉴于此，新文化地理试图在景观的物质性和主观性之间寻找平衡。

---

① Meinig D W. The Interpretation of Ordinary Landscapes［M］. New York: Oxford University Press, 1979: 34..

② Tuan Y F. Thoughts and Landscapes［J］. Annals of the Association of American Geographers, 1977, 67(2): 89–102.

人文主义地理学主张通过人的意识、感知和体验来研究“地方”及人地关系，并把文学中的景观视为一种主观体验的表达。①人文地理学中，“地方”作为一个多维度的概念，涉及地理空间、社会文化、心理认知等多个层面。从地理空间角度看，“地方”指的是具有特定地理特征、边界和尺度的地域实体，包括地形、地貌、气候、生态系统等自然因素，以及人类活动和社会经济结构等人文因素。从社会文化角度看，“地方”是人们生活、工作和交往的场所，承载着特定的历史、传统、价值观和象征意义。这些社会文化因素使地方成为具有独特性和多样性的社会空间。从心理认知角度看，“地方”与人们的感知、记忆和情感体验紧密相连，人们对地方的认同、归属感和情感联系在塑造个体和群体身份中发挥重要作用。

在人文地理学中，“景观”通常指的是地表上可见的自然和人文现象的综合体。它涵盖了自然景观和人文景观两个方面。自然景观是由地形、地貌、气候、生态系统等自然因素构成的，而人文景观则是由人类活动、社会结构、文化传统等人文因素塑造的。景观是一个动态的概念，它随着时间和空间的变化而不断演变。景观不仅具有美学价值，还是人们感知、理解和解

① 郑佳.《日诞之地》中的地理景观：人文主义地理学视角［J］. 外国文学评论，2016（3）：155–168.

释自然与人文环境的重要媒介。

“地方”与“景观”之间存在密切的关系。首先，地方和景观都是地理空间的概念，它们在地理尺度和边界上存在一定的重叠。[①] 其次，地方和景观都涉及自然和人文因素的相互作用和融合。自然景观为地方提供了独特的地理背景和生态环境，而人文景观则反映了地方的社会文化特征和人类活动。最后，地方和景观都与人们的感知、认同和情感联系密切相关。景观作为人们感知自然与人文环境的重要媒介，对地方感的形成和塑造起重要作用。

在实际应用中，“地方”与“景观”的概念具有重要意义。首先，它们有助于人们更深入地理解自然与人文环境的相互关系和相互影响。通过对地方和景观的研究，人们可以揭示地域文化的独特性和多样性，以及地方在塑造人类生活和文化中的作用。其次，地方和景观的概念为城市规划、旅游开发、生态保护等领域提供了重要的理论支撑和实践指导。例如，在城市规划中，注重地方特色的保护和传承有助于塑造独特的城市风貌和增强城市的吸引力；在旅游开发中，挖掘和展示地域文化的景观特色可以吸引游客并促进旅游业的发展；在生态保护中，

① 段义孚．恋地情结：对环境感知、态度与价值观的研究［M］．志丞，刘苏，译．北京：商务印书馆，2018.

关注自然景观的保护和恢复有助于维护生态平衡和生物多样性。

“地方”与“景观”是人文地理学中的核心概念，它们具有丰富的内涵和广泛的应用价值。通过对这两个概念的研究和探讨，我们可以更深入地理解自然与人文环境的相互关系和相互影响，为城市规划、旅游开发、生态保护等领域提供有益的启示和指导。

传统对“地方”的功能性理解掩盖了其内在特征，忽视了景观在文学中的深层含义。人文主义地理学认为，“地方”是人的感受、体验投射于空间形成的意蕴世界。因此，“地方”不仅是物理空间，更是人的观念载体。在文学作品中，景观既是地理要素，也是主观体验的表述方式。作者通过艺术想象和修辞赋予地理事物象征意义，传达人物或作者的地理感知及对人生存环境和状态的看法。

一、《疾病解说者》中的景观书写

文化地理学重在研究社会景观与自然景观。《疾病解说者》小说集对印度的自然景观、家庭景观和社区景观都有侧重描写。《疾病解说者》是裘帕·拉希莉的处女作，且于1999年荣获普利策文学奖，其中收录了9篇小说。这部小说集通过9部短篇小说，深刻描绘了印裔移民及其子女在美国和印度之间的文化冲突与融合。通过解读小说中不同地域景观的呈现方式及其背后的文化意义，可以揭示景观描写在展现文化多样性和文化冲突中的重要作用。在此，从文化地理学的视角出发，对这9篇小说中的景观描写进行逐一解读，探讨这些景观描写是如何揭示文化多样性、文化冲突与文化融合的。

《疾病解说者》是这本小说集的首篇，生动呈现了印裔移民及其子女在美国与印度两种文化语境下所遭遇的文化冲突。文化地理学作为研究人类文化空间组合的一门人文地理分支学科，为解读这部作品中的景观描写提供了独特的视角。在《疾病解说者》中，拉希莉通过对不同地域景观的描写，展现了移民及其子女在文化认同上的挣扎与探索。小说中的核心景观是印度文化的象征——科纳拉克太阳神庙，以色情雕塑而闻名。其景观描写不仅展现了印度文化的独特魅力，也揭示了达斯夫妇及其子女在试图重新联结故土文化时的复杂情感。拉兹和蜜娜·达斯一家在印度度假时，参观了这座神庙。然而，他们对神庙雕塑的冷漠态度，以及孩子们对父母的直呼其名，都反映了他们在文化认同上的困境，即既想保留与印度的联系，又难以完全融入其中。其中，导游卡帕西先生作为印度文化的代表，试图通过讲解神庙的雕塑来唤起达斯夫妇对印度文化的认同和尊重。

然而，他们的冷漠反应和以自我为中心的态度，使这种尝试变得徒劳。这种文化冲突不仅体现在个人之间，也体现在不同文化之间的碰撞与对抗。尽管存在文化冲突，但小说中的景观描写也展示了不同文化之间的融合与互动。

在小说《停电时分》中，描绘了小区连续停电的场景，以及修芭和舒库玛在黑暗中的互动。“停电”这一景观再次成为文化冲突的隐喻。在黑暗中，主人公们试图通过游戏来沟通彼此，但最终暴露了彼此之间的隔阂和误解。这一景观描写强调了文化地理学中的“文化边界”“文化距离”概念，即尽管身处同一物理空间，不同文化背景的人之间可能存在难以逾越的障碍。小说中的景观描写主要集中在修芭和舒库玛的公寓及其周围环境，特别是小区连续停电的场景。“停电”这一景观描写，不仅是一个物理事件，更是一种文化隐喻。它揭示了主人公在情感交流上的困境，如同在黑暗中的摸索，他们试图通过“真心话”游戏来沟通彼此，但最终未能真正理解对方。这一景观描写反映了文化地理学中不同文化背景的人之间仍可能存在难以逾越的鸿沟。与此同时，在修芭和舒库玛的储藏室里，印度佐料和意大利面混放在一起，这一细节描写生动地展现了他们双重文化生活的现实。这种文化融合不仅体现在物质层面上，也体现在他们的思想观念和情感世界中。

《第三块大陆，最后的家园》中的景观描写涉及主人公在伦敦、美国罗得岛和印度之间的迁移，特别是他们在异国他乡的生活场景。这部小说通过主人公的迁移经历，展现了不同地域文化之间的碰撞与融合。他们在异国他乡的生活场景，如伦敦的早晨送奶服务、罗得岛的家庭生活等，都是文化地理学中的“文化景观”体现。这些景观描写不仅揭示了主人公在文化适应上的挑战，也展示了他们如何在不同的文化环境中寻找自己的身份和归属感。

小说《性感》中的景观描写主要集中在主人公麦蓝达与已婚印度男子德夫的恋情背景中，包括他们相遇的咖啡馆、德夫的家等。这些景观描写揭示了跨文化恋情中的复杂情感和文化冲突。咖啡馆和德夫的家不仅是物理空间，也是文化交汇的场所。麦蓝达和德夫在这些景观中的互动，反映了他们在不同文化背景下的情感纠葛和文化碰撞。

《真正的看门人》中的景观描写主要集中在加尔各答的城市景象和布梨妈妈作为看门人的生活场景。加尔各答的城市景象和布梨妈妈的生活场景共同构成了这部小说的文化地理背景。这些景观描写不仅揭示了城市贫民的生存状态，也展示了他们如何在不同的文化环境中寻求生存和尊严。布梨妈妈作为看门人的角色，体现了文化地理学中的“边缘化”概念，即某些群体可能在社会和文化上被边缘化，但他们的生活和经历仍然是文化地理学研究的重要对象。

《比比·哈尔达的婚事》中的景观描写主要集中在比比·哈尔达因为被兄嫂嫌弃而居住在狭小阁楼间的局促生活。虽然印度有严苛的婚恋传统，比比却未婚先孕，在孤苦的生活中仿佛出现了一丝希望，让她于病痛中重新振作起来。她的破格行为和日常生活成为社区里一道奇特的风景，引来热心人的关心和旁观者的冷眼。这些景观不仅具有象征意义，也揭示了主人公在传统文化与现代生活之间的挣扎和适应。通过文化地理学的视角，我们可以看到这些景观描写如何反映了印度社会的文化多样性和文化变迁。

《森夫人》的景观描写主要集中在森夫人在美国郊区的生活场景，如厨房、卧室和花园等。这些景观描写揭示了森夫人在异国他乡的生活困境和文化适应挑战。厨房、卧室和花园等生活场景不仅是物理空间，也是文化交汇的场所。森夫人在这些景观中的孤独与痛苦，反映了她在不同文化背景下的身份认同和文化冲突。

《上帝福佑我们家》的景观描写主要集中在主人公吉夫和晶晶的新家及其周围环境，特别是原屋主留下的基督徒信仰迹象。这些景观描写揭示了不同宗教信仰和文化背景之间的冲突与融合。吉夫和晶晶在新家中的互动，反映了他们在文化适应上的挑战和困惑。原屋主留下的基督徒信仰迹象不仅是一个物理存在，也是一种文化隐喻，它揭示了不同宗教信仰和文化背景之间的复杂关系。通过文化地理学的视角，我们可以看到这些景观描写如何促进主人公之间的文化交流和理解。

通过对《疾病解说者》9部小说中的景观描写进行文化地理学解读，我们可以看到，这些景观描写是如何深刻地揭示了文化多样性、文化冲突与文化融合的。这些景观不仅是物理空间的存在，更是文化意义的载体和表达。通过深入分析这些景观描写，我们可以更好地理解不同文化背景下人们的生活经历和情感世界，以及他们在全球化时代的文化适应和身份认同。从文化地理学的角度来看，小说中的景观描写体现了文化地理学中的多个重要理论。景观作为文化现象的空间表现，是文化地理学研究的重要对象。景观的地理分布、变化及其与地理环境之间的互动关系，是文化地理学关注的重点。通过景观描写揭示不同文化之间的冲突与融合，也是研究的重要内容。通过对《疾病解说者》中景观描写的文化地理学分析，我们可以看到，景观在展现文化多样性、揭示文化冲突与融合中的重要作用。这部小说不仅是一部文学作品，也是一部反映当代移民文化现象的社会学文本。通过对其中景观描写的深入解读，我们可以更好地理解不同文化之间的复杂关系，以及移民在全球化背景下的文化认同与适应问题。

二、《同名人》中的景观书写

《同名人》是裘帕·拉希莉的首部长篇小说，讲述了在美国出生的印裔男孩果戈理的成长故事及其家庭在美国和印度之间的文化冲突与融合。《同名人》中的景观书写为故事提供了丰富的背景设定。故事的主要场景包括美国的马萨诸塞州、纽约，以及印度的加尔各答等地。这些景观不仅为故事提供了具体的时空坐标，还通过不同的地域文化特色，展现了主人公在不同文化环境中的成长经历。

景观书写与人物情感紧密相连。果戈理在成长过程中，对印度文化的陌生感和疏离感，通过他对加尔各答等印度景观的描述得以体现。同时，他在美国的生活经历，如马萨诸塞州的小公寓、纽约的繁华都市等，也与他内心的挣扎和矛盾相呼应。在《同名人》这部小说中，景观书写与人物情感的紧密相连体现在多个层面，构成了作品情感深度和文化厚度的重要基石。小说中的每一处景观都不仅是物理空间的存在，更像是人物内心情感的镜像，映射出角色的喜怒哀乐、迷惘与追寻。果戈理对于加尔各答的初次印象——那座充满异域风情却又不失混乱的城市，不仅是他对印度文化的初次接触，更是他内心对自我身份认同的困惑和挣扎的反映。城市的喧嚣与陌生，如同他内心深处对印度血缘的疏离感和对自我归属的探求，两者相互交织，形成了复杂的情感层次。随着故事的发展，果戈理及其家庭成员在不同景观间的穿梭，也伴随他们情感的起伏发生变化。从马萨诸塞州宁静的小公寓到纽约繁华的都市街头，每一次地理空间的转换都伴随着人物心境的转变。在纽约，果戈理经历了爱情的甜蜜与苦涩、事业的起伏与挫败，这些情感经历与纽约这座城市的多元、快节奏氛围紧密相连，仿佛城市的每一个角落都承载着他情感的印记。景观的变化成了情节发展和情感深化的重要推动力。

小说中的景观还承载着人物深刻的情感记忆。对于果戈理而言，加尔各答的某些特定场景，如家族老宅的庭院、市集的喧嚣，都勾起了他对童年的回忆，那些与祖父母共度的温馨时光，以及与父母关于文化认同的争执，都深深烙印在这些景观之中。这些情感记忆不仅丰富了人物的形象，也加深了读者对人物情感世界的理解。

景观书写还巧妙地引起了读者的情感共鸣。通过细腻地描绘不同地域的景观特色和文化氛围，作者让读者仿佛置身于故事之中，与人物共同经历情感的波澜。无论是果戈理在加尔各答的迷惘与探索，还是在纽约的奋斗与挣扎，都让读者能够深切地感受到人物内心的情感波动，从而产生强烈的共鸣。景观书写与人物情感的紧密相连，共同深化了小说的主题。通过果戈理及其家庭成员在不同景观中的情感经历，小说探讨了文化冲突与融合、身份认同与追寻等深刻主题。景观成了连接过去与现在、自我与他人、文化与文化的桥梁，而情感则是这座桥梁上最为动人的旋律，不仅丰富了小说的情感层次和文化内涵，也深化了作品的主题，让读者在享受故事的同时，对人性、文化和情感有了更深刻的理解。

在《同名人》这部小说中，景观书写不仅与人物情感紧密相连，更蕴含着丰富的文化符号和象征意义，成了作品深层意蕴和文化内涵的重要载体。小说中的每一处景观都不仅是地理空间的描绘，更是文化身份的象征。加尔各答，作为果戈理家族的根源之地，其古老的建筑、繁忙的街道、传统的习俗，都深刻地带有印度文化的印记，象征着果戈理家族无法割舍的文化血脉和身份认同。而美国马萨诸塞州的宁静小镇和纽约的繁华都市，则代表着另一种截然不同的文化和生活方式，它们象征着果戈理及其家族在美国的新生活和对现代文明的追求。这些景观的对比和冲突，正是果戈理内心文化身份挣扎和探寻的外在表现。加尔各答作为印度的文化名城，代表着果戈理家族的传统和根源。而美国的马萨诸塞州和纽约等地，则象征着现代文明和多元文化。这些景观的对比和融合，不仅反映了果戈理家族在不同文化环境中的适应和变迁，也揭示了全球化背景下文化冲突与融合的主题。

加尔各答作为果戈理父母的故乡，在小说中多次出现。它不仅是果戈理家族的传统和根源所在，也是他们试图重新联结故土文化的尝试。然而，对于在美国出生的果戈理来说，加尔各答更像一个陌生的地方，他在那里感到自己像一个局外人。果戈理在哥伦比亚大学完成建筑学位后住在纽约，并在这里经历了爱情和事业的起伏。纽约的景观书写不仅展现了主人公在都市生活中的挣扎和追求，也反映了他在两种文化之间的撕扯和回归。

小说中的景观书写还巧妙地运用了文化隐喻，使得每一处景观都充满了深层的文化含义。纽约的城市生活，象征着现代文明的繁华和诱惑，它们既是果戈理追求梦想的地方，也是他感到迷失和孤独的地方。这些景观中的文化隐喻，使小说的文化内涵更加深厚，也引导读者对文化、身份和人性进行更深入的思考。

在《同名人》中，景观书写还展现了不同文化之间的交融与碰撞。果戈理家族在美国的生活，就是两种文化交融的缩影。他们在保持印度文化传统的同时，不得不适应和融入美国的文化环境。这些景观不仅丰富了小说的文化色彩，也揭示了全球化背景下文化多样性和文化交融的必然趋势。

此外，小说中的景观还与人物的文化记忆紧密相连。对于果戈理而言，加尔各答的每一处景观都承载着他对家族历史的记忆和对印度文化的认知。而他在美国的生活经历，也成了他文化记忆的一部分。这些景观与记忆的关联，不仅加深了人物的文化认同和归属感，也使小说的文化内涵更加丰富和立体。

《同名人》中的景观书写蕴含着丰富的文化符号和象征意义，它们不仅是故事发生的背景和环境，更是文化身份、文化隐喻、文化交融与文化记忆的重要载体。通过这些景观的描写和解读，我们可以更深入地理解小说的文化内涵和深层意蕴，也能更好地感受全球化背景下文化多样性和文化交融的魅力。《同名人》中的景观书写与作品的主题紧密相关。通过描绘不同地域的景观特色和文化氛围，作者深刻地揭示了全球化背景下文化冲突与融合的主题。果戈理及其家庭在不同文化环境中的适应和变迁，不仅是个人成长的历程，也是文化交流和融合的缩影。这些景观书写不仅增强了作品的艺术感染力，也引导读者对文化多样性和文化认同进行更深入的思考。《同名人》中的景观书写在背景设定、人物情感关联、文化符号以及主题呼应等方面都发挥了重要作用。它不仅是故事发生的场景，更是文化交流和融合的见证者，为读者提供了一个深入了解作品内涵的窗口。

三、《不适之地》中的景观书写

《不适之地》是裘帕·拉希莉的第二部短篇小说集，全书围绕爱情、亲情和友情主题，共分五个短篇和一个三部曲式的中篇，主要讲述第二代印度移民在欧美社会的生活。作品通过细腻的笔触和深刻的情感描绘，展现了印度移民在美国的生存困境和身份焦虑。在景观书写方面，拉希莉巧妙地运用空间建构和多种空间意象，不仅为故事提供了丰富的背景，还深化了作品的伦理主题和文化内涵。《不适之地》小说集中的各篇小说通过不同的故事情节和人物塑造，共同展现了第二代印度移民在欧美社会的生活画卷。这些故事不仅具有深刻的现实意义，还蕴含着丰富的文学价值。

空间建构与伦理书写。拉希莉在《不适之地》中通过叙事的空间置换、人物的空间迁移和文本的空间建构，聚焦族裔存在空间。她利用多种空间意象和空间隐喻，表达伦理主题，凸显作品的伦理意义。小说中的空间不仅是物理上的居住地，更是他们心理和文化身份的反映。从孟买到西雅图、从加尔各答到罗马的空间转换，象征着移民在异国他乡的不适与追寻。

文化景观的对比。拉希莉在作品中对比了印度和美国两种文化景观，这种对比不仅体现在地理空间上，更深刻地体现在人物的心理状态和文化认同上。例如，露玛与父亲之间的疏远，一方面由于父女之间缺少沟通与交流，另一方面也因为两代人文化差异的不同导致对彼此教育方式的理解不同。这种文化景观的对比，使得读者能够更深刻地理解移民在异国他乡所面临的身份焦虑和文化冲突。

家庭与社区的微观景观。拉希莉在《不适之地》中还描绘了印度移民家庭和社区的微观景观。这些景观通过日常生活的琐碎细节展现出来，如婚姻、亲情、友情等，充满了人情味和生活的质感。比如露玛与父亲由疏远到修复的亲子关系，以及她与自己的孩子之间更加深刻的代际障碍，都是通过家庭内部的微观景观来呈现的。

景观书写在《不适之地》中不仅为故事提供了生动的背景，还深化了作品的主题。通过对不同文化景观的对比和家庭社区的微观描绘，拉希莉成功地展现了印度移民在美国的生存困境和身份焦虑。拉希莉细腻的笔触和深刻的情感描绘，使读者能够更加深入地理解移民们的内心世界。这种情感共鸣不仅来源于人物的故事本身，更来源于对景观的细致描绘和深刻解读。通过景观书写，拉希莉还展现了印度移民在美国所面临的文化冲突与融合。这种冲突与融合不仅体现在个人身份上，更体现在社区文化和家庭关系上。这种展现方式使读者能够更全面地理解移民文化的多样性和复杂性。

《不适之地》中的景观书写不仅为故事提供了丰富的背景，还深化了作品的伦理主题和文化内涵。通过对不同文化景观的对比和家庭社区的微观描绘，拉希莉成功地展现了印度移民在美国的生存困境和身份焦虑，同时也引发了读者对文化冲突与融合、身份认同等问题的深刻思考。通过具体的故事情节，展现了主人公在异国他乡的不适感，以及他们努力适应新环境的过程。景观书写涉及从印度到欧美的地理空间转换，以及主人公在新环境中的心理感受。

小说集的开篇即同名短篇小说《不适之地》。通过细腻的景观书写，不仅展现了主人公生活的物理环境，更深刻地反映了他们的内心世界和情感状态。小说对城市景观的描绘唤起了读者的情感共鸣。尤其是欧洲城市的风光的书写，露玛的父亲退休后开始在欧洲旅行，从法国、荷兰到意大利，每一处城市的景观都被生动地描绘出来。这些异国他乡的风光，不仅为故事增添了丰富的色彩，也反映了父亲在退休后对生活的热爱和对新鲜事物的追求。同时，这些城市景观也成为父亲与女儿露玛之间情感交流的桥梁，尽管他们之间的交流有限，但这些明信片上的城市风光却成了他们共同关注的话题。

故事也描写了西雅图的日常生活。因为故事的主要背景设定在西雅图，露玛和她的丈夫亚当以及儿子阿卡什在这里生活。西雅图的日常生活景观，如家庭住所、街道、公园等，被巧妙地融入故事中，成为主人公生活的真实写照。这些景观不仅展现了主人公的生活环境，也反映了他们在异国他乡的生活状态和情感世界。

小说中有丰富的自然景观描写。这些自然景观的描绘，不仅为故事增添了诗意和美感，也反映了主人公对自然之美的向往和追求，同时成为主人公情感寄托的重要载体。在故事中，父亲在明信片上描绘的欧洲风光寄托了他对远方亲人的思念和对生活的热爱。自然景观的描写映衬出主人公情感的流露。

自然景观与情感变化紧密联系在一起。例如，当露玛面临生活的困境和内心的挣扎时，她通过观赏自然景观来寻求心灵的慰藉和力量。这些自然景观的映衬，不仅深化了主人公的情感表达，也使故事更具感染力和共鸣力。

故事中同样有文化景观的对比与融合，尤其凸显了印度文化与美国文化的交融。作为印裔美国作家，裘帕·拉希莉在小说中巧妙地融入了印度文化和美国文化的元素。这些文化景观的对比与融合，不仅展现了主人公在两种文化之间的挣扎与适应，也反映了全球化背景下文化交流的复杂性和多样性。露玛和她的父亲在生活中保留着印度的传统习俗和价值观，但同时又深受美国文化的影响和熏陶。

文化景观在小说中有深刻的象征意义。印度的传统习俗和价值观象征着主人公内心深处的根与源，而美国的文化氛围和生活方式则可能象征着主人公对未来的追求和梦想。这些文化景观的象征意义，使小说更加具有深度和内涵。

景观书写也反映出作家对移民群体身份归属的探讨。景观书写与身份认同密不可分。在《不适之地》中，通过对不同景观的描绘和对比，小说展现了主人公在异国他乡的身份困惑和追求，比如露玛和她的父亲都在不同的文化景观中寻找自己的身份定位和价值认同。景观书写在小说中也是情感主题表达的重要手段。通过对不同景观的描绘和映衬，小说展现了主人公之间的亲情、爱情和友情等复杂情感。这些情感在景观的映衬下更加生动和感人，使读者能够深刻感受到主人公内心的挣扎与追求。景观书写不仅展现了主人公生活的物理环境，更深刻地反映了他们的内心世界和情感状态。通过对城市景观、自然景观和文化景观的描绘与对比，小说成功地构建了一个充满诗意和哲思的文学世界。

在《地狱—天堂》这部短篇小说中，尽管直接描述具体地理景观的笔墨可能并不多，但景观书写却以一种更为抽象和内心化的方式呈现，深刻地反映了人物的心理状态和情感世界。小说通过主人公的心理活动，构建了一个充满矛盾和冲突的心理空间，使读者可以感受到主人公在“地狱”与“天堂”之间的徘徊和抉择。主人公对过去的生活充满留恋，同时对现在的生活感到不满和困惑，这种内心的挣扎和冲突构成了小说独特的心理景观。

故事是记忆与现实的交织。在《地狱—天堂》中，主人公的回忆与现实往往交织在一起，形成了一种独特的景观。这些回忆涉及主人公在印度的童年时光、与家人的温馨时刻等，而现实则可能是他们在欧美社会的孤独与挣扎。这种回忆与现实的对比，不仅丰富了小说的内涵，也增强了读者的情感共鸣。小说运用了象征与隐喻的手法，“地狱”与“天堂”并不直接指代具体的地理空间，而是具有深刻的象征意义，分别代表着主人公内心的痛苦与挣扎、希望与憧憬。通过这种象征与隐喻的运用，小说巧妙地展现了主人公在移民生活中的复杂情感和心理状态。

文化背景的融入使小说呈现出独特的文化景观。《地狱—天堂》实际上显示了印度文化与欧美文化的碰撞。作为一部涉及移民题材的小说，景观书写融入了丰富的文化背景。主人公在印度文化背景下成长的经历、对印度文化的认同与怀念，以及他们在欧美社会中所面临的文化冲击和适应过程，都构成了小说中独特的文化景观。

作家对女主人公细腻的情感描写，加上日常生活书写，实现了情感与景观的融合。景观书写与情感表达紧密相连。这种情感与景观的融合，使得小说更加具有感染力和共鸣力。小说中景观书写以一种更为抽象和内心化的方式呈现，通过心理景观的描绘、记忆与现实的交织、象征与隐喻的运用、文化背景的融入以及细腻的情感表达等手法，深刻地反映了主人公在移民生活中的复杂情感和心理状态。

《权宜之选》讲述了一对夫妻返回少年时的学校参加朋友婚礼，顺便度假时的所见所感。景观书写参与主人公的这趟旅程，以微妙的方式影响故事的氛围和人物的心理状态。

小说描述了城市景观，通过城市景观反映人物心态。作家以简短的笔触描绘了主人公所处的城市环境。这个环境中充满了现代都市的喧嚣与繁忙，高楼林立，车水马龙。城市景观不仅为故事提供了一个具体的背景，还反映了主人公内心的浮躁与不安。作家同时进行了城市与乡村的对比。主人公从乡村到城市的迁移以及城市与乡村的对比就构成了一种独特的景观书写。城市的繁华与喧嚣和乡村的宁静与质朴形成鲜明对比，揭示了主人公在适应新环境时所面临的挑战和困惑。

《权宜之选》中还有家庭景观的描写，作家通过家庭环境的描绘反映家人之间的情感纽带。通过男女主人公的回忆以及现实经历，作家描绘了家庭内部的景观。家庭的布局、家具的摆设、家人的互动等都呈现在家庭景观之中。家庭景观的描绘不仅为故事增添了生活气息，还可能反映了主人公与家人之间的情感纽带和关系动态。

《权宜之选》中主人公的家庭变故对家庭景观的影响也被细腻地描绘出来。这种影响不仅体现在物理空间的变化上，更体现在家庭成员心理状态和情感纽带的断裂与修复上。通过主人公的内心独白，作家构建了一种独特的内心景观。这种景观充满了矛盾、挣扎和抉择，反映了主人公在面对困境时所采取的“权宜之计”，以及这一选择背后的复杂情感。主人公艰难抉择的背后是情感与理智的冲突。这种冲突不仅体现在他们的行为选择上，更体现在他们内心世界的景观书写上。《权宜之选》中的景观书写展现了主人公在情感与理智之间徘徊、挣扎的内心世界。这权宜之计，其实是主人公在面对年少时远离父母孤独上学的创伤时，对家庭温暖的渴求。他拒绝父母的干涉，坚持娶了一个普通的白人女性为妻。同时，因为反感工作的压力他选择了更为轻松的工作。但对他来说，忙碌的妻子为他提供了一个温暖而平凡的家，这才是他父母移民后又返回印度，把他独自留在美国生活而带来了永久创伤的最好安慰。夫妻俩穿行于旷野中，在并不熟悉的地方静静欣赏阳台外平静的落日，拥抱一个没有儿女打扰的周末时光。对于一个异国独自长大的男孩来说，这段回忆是人生中最低谷，而此时他与妻子共同度过，相拥而行，也是对过往创伤的释怀。家庭的温馨象征着亲情的力量与支撑；内心的挣扎象征着人性中的复杂与矛盾。

拉希莉作品中的主人公不仅要适应新的生活环境，还要面对文化冲突和身份认同的困境。这种文化背景的融入使小说中的景观书写更具深度和广度。

在《纯属好意》这部短篇小说中，景观书写作为背景元素，对塑造氛围、映衬人物心理以及推动情节发展起到了一定的作用。《纯属好意》通过描述一个出于好意的行为及其意想不到的后果，探讨了人际关系的复杂性和沟通的重要性。小说构建了一个富有生活气息的家庭景观。景观不仅是物理空间的展现，更是家庭成员之间情感纽带的象征。因为弟弟酗酒和学业无成，家庭关系紧张又冷漠，甚至在姐姐的婚礼上，弟弟也酗酒失态。家庭的矛盾在于弟弟毫无自制力地酗酒，姐姐也倍感家庭的不幸，选择远离美国到伦敦生活。小说通过对主人公所在城市景观的描绘，映衬出人物的心理状态。繁忙的都市景象反映出主人公内心的焦虑与不安；而宁静的街道或公园象征着主人公内心的平静与放松。自然景观的描绘，为故事增添一抹亮色。公园里的绿树成荫、河边的波光粼粼等，它们不仅为故事提供了优美的背景，还成为主人公情感寄托的载体。姐姐在片刻的放松之时愉快地漫步街头，享受自己的惬意时光，一切的景象是那么美丽和宁静。而这短暂的美好终结于姐姐家中一团乱的景观中：满地的酒瓶和不知危险降临的幼小婴童，所幸姐姐、姐夫及时赶回才避免了悲剧的发生。移民的景观是门内的家园与门外的社区，是单个家庭的期待与不合期待的痛楚和悲伤。

《别管闲事》通过一个“别管闲事”的告诫，讲述了主人公如何卷入他人的生活，并因此面临一系列挑战的故事。主人公在不同生活场景中的穿梭和日常生活的描绘是小说中的主要景观。在《别管闲事》这部小说中，尽管景观书写可能不是其主要叙述焦点，但景观书写不仅为故事提供了背景，还往往与人物的情感、行动紧密相连，共同构成了小说的丰富层次。小说中可能涉及主人公在不同城市空间中的穿梭，如从家中到市场、从街道到公园等。这些空间转换不仅推动了情节的发展，还通过不同景观的对比，展现了主人公生活的多样性和复杂性。小说对异国留学印裔男女学生共同租住的公寓进行了非常细致的描绘。女主人公精心装修的房间、家具的摆设、印度元素的装饰等，展现出她陷入恋情后满心欢喜的生活状态和浪漫的情感世界。公寓内外的景观在小说中频繁出现，主人公在心情低落时独自漫步街道，通过观赏自然美景来寻求心灵的慰藉；在面临爱情的波折时，环境和景观的变换也直接突出。

公寓和街景在小说中首先起到背景设定的作用，为读者提供一个具体的时间和空间框架。同时，通过对不同景观的描绘，小说也营造出不同的氛围，成为推动情节发展或塑造人物形象的关键因素，从而增强故事的感染力和沉浸感。男主人公对厨房景观的独特感受和反应揭示出他性格内向又自省的特点与善良又矛盾的内心世界。《别管闲事》中的景观书写虽然可能不是其主要叙述焦点，但通过对环境、场景的描绘，仍然为小说增添了丰富的层次和内涵。这些景观书写不仅为故事提供了背景，还往往与人物的情感、行动紧密相连，共同构成了小说的独特魅力。

小说更多地聚焦于城市景观，尤其是罗马这一城市。罗马作为故事发生的重要背景，其独特的城市风貌、历史文化氛围对主人公的心理和情感产生了重要影响。海玛和卡西克在罗马的邂逅、分离与重逢，都与这座城市的景观紧密相连。罗马的古老建筑、街道、公园等成了他们情感交流的见证者，也反映了他们内心的迷惘与追寻。

作为印裔移民的后代，海玛和卡西克在成长过程中不可避免地受到了印度文化和西方文化的影响。景观的对比展现了主人公在两种文化之间的挣扎与融合，丰富了小说的文化内涵，也深化了主人公的性格塑造和情感表达。

小说还通过主人公的旅行经历，展现了全球化背景下的文化景观。卡西克作为新闻摄影记者，造访了多个国家和地区，这些经历使他深刻感受到了不同文化之间的差异与联系。这些文化景观的描绘，不仅拓宽了小说的视野，也反映了主人公对世界的认知和思考。当海玛和卡西克在罗马相遇时，周围的自然景观触发了他们内心的情感共鸣，使他们更加深刻地意识到彼此之间的情感联系。卡西克在遥远的海岸和美丽的山区景色中得到了人生的思考，从而决定改变自己的生活轨迹。这种景观与人生选择的紧密联系，使小说更具深度和启发性。

罗马这座城市象征着男女主人公心中的理想与追求、迷惘与挣扎。景观描写使小说更具艺术性和哲理性。通过对自然景观、文化景观的描绘以及象征与隐喻的运用，拉希莉成功地构建了一个充满诗意和哲思的文学世界。

四、《低地》中的景观书写

地理景观是拉希莉代表作《低地》的显著特征之一。作者一开篇就分别呈现了印度贫民聚居地和殖民俱乐部两种迥异的地理图景。在这部小说中，景观不单单是事件的发生地、人物活动的场景，而是一个具备人文特质的反映人的主观体验的潜在地。它不能被看作单一的景色，一个事件或活动的背景板，而是一个动态的、富有意蕴和价值的元素。在人文地理学领域，关键概念的表述，如“场所”“土地”“领地”“区域”等在不同著作中出现，概念的交叉容易使读者感到困惑，究竟该如何理解这些概念的差异？但确认无疑的是，“地方”与“景观”在意义上有一些细微的差异①。郑佳在《日诞之地》中的地理景观：人文主义地理学视角论文中选择在一个宽泛的层面上理解这些意义相近的词语，并在论述中交替使用。②

以地方为导向考察《低地》中地理景观的表述，我们可以发现，拉希莉从流散族裔体验的角度，以反差式手法，把印度加尔各答低地、殖民俱乐部和美国现代都市分别表现为家园

① Tim Cresswell T. Place: An Introduction［M］. 2nd ed. Chichester: Wiley-Blackwell, 2015: 17–18.

② 郑佳.《日诞之地》中的地理景观：人文主义地理学视角［J］. 外国文学评论，2016（3）：155–168.

记忆与身份归属空间、权力空间和城市生存空间，并通过前者所蕴含的内在精神力量来消解后者所代表的压制与异化，以保持移民的内心归属与身份追寻的平衡，从而在呼吁当代印度移民在建构美好家园的同时，在美国的新生活中保留印度传统与精神。

《低地》的故事发生在印度加尔各答的低地旁，这里有两处紧挨着的椭圆形池塘，在雨季时会连成一片长满水葫芦的宽阔水域。低地不仅是故事发生的起点，也是主角乌达安葬身的地方。这一景观在小说中象征着变幻、流动和杂糅，它既是寄托乡愁、承载经验与记忆的地理风景，也是故事的终点。

小说开篇，作者就描绘了低地的轮廓，这里既是苏巴什和乌达安两兄弟从小生长的地方，也是乌达安被捕杀之前藏身的地方。当雨季来临的时候，雨水就会从高处流向低处，这种自然景观的描绘不仅为故事增添了诗意，也隐喻了小说中人物的命运走向。每个人的命运都不可逆转地被卷入旋涡中，坠落着流向低处，流向低地。

此外，小说中还有对罗得岛海湾的描写。初到美国时，苏巴什曾由衷地赞美罗得岛的海湾是“世界上最美的地方”，然而随着恋情无疾而终，他意识到眼前的风景并非如他所想象的那般完美。这里的海湾不仅是苏巴什异国生活的序曲，也是他内心情感变化的见证。

拉希莉通过精妙的景观书写，将读者带入了小说中的世界，使读者不仅感受到了印度加尔各答低地的独特风情，也体验到了美国罗得岛海湾的宁静与美丽。这些景观描写不仅为故事提供了丰富的背景，还深刻地反映了小说的主题和情感氛围，使小说更加生动和引人入胜。

第三章

社会空间的建构

拉希莉笔下的空间描写不单是纯粹的地域空间的描绘，还是在地域空间的基础之上，通过塑造一些典型的空间意象来反映空间中人物与他者之间的关系，彰显社会空间中的不平等的关系，阐释在社会空间中居于弱势地位的群体如何打破由“他者”所建立的稳定有序的空间秩序。从拉希莉作品中的社会空间的建构来看，不同的性别、种族、民族的人拥有不同的生存处境，他们的权力与地位也就随之产生差异。人物通过在社会空间占据不同的位置，以此来区分自己与他人的界限，通过社会空间的跨越，来进行自我身份的确认。

第一节　家园记忆与空间政治

英国地理学家迈克·克朗在《文化地理学》一书中指出，文学作品不是对外界的简单反映，不能把文学孤立在外的另一面镜子反射出去，这其实是一种误导。他系统地阐释了文学地理学的概念，将文学作品中的空间文学与地理景观相结合，空间既是对地理景观的描绘和反映，又是地理人物、地理经历的综合呈现。文学参与构建空间成为空间生产的一个组成部分，并赋予其空间意义和价值。在他看来，文化地理学“既要研究文化在不同地域空间的分布，又要研究文化是怎样赋予空间意义的”①。

列斐伏尔在《空间的生产》一书中指出，社会空间各种空间中的社会关系是社会的产物。它是一个覆盖面极广的概念，不仅包括人类活动的特定物质环境和地理位置，还涵盖了性别立场、社会意识、权力关系等体现在身体、家园、社会、城市、社区、地区、种族和概念的空间，而不仅仅是事件发生的简单

① 迈克·克朗．文化地理学［M］．杨淑华，宋慧敏，译．南京：南京大学出版社，2005.

容器，它所承载的也不仅仅是环境和场景的自然属性。“空间从稳定统一的‘容器’特征转变为多元特征，替代空间物理属性的是宗教、历史、权力、文化等空间的社会属性特征。”[①]

拉希莉小说中空间的构建是建立在作家日常生活实践的基础上的，空间的书写则体现出地理空间对作家本身的深远影响。她以大量的地域元素为支撑，塑造人物和主题，揭示了地理空间位移带来的生活变迁对移民身份建构的影响，引发读者挖掘文本中的社会关系、情感归属、身份认同等一系列话题。小说中的流动既包含了地域内的移动与跨越，也包含了其他联系，如信息的交流，更包含了精神与情感的流动。主人公在流动中成长，在困境中突围，空间的、人文的流动在他们身上完美融合，投射出作者不拘一格的思维与构建世界主义的憧憬，将个体对身份、价值、社会的重新思考融会贯通。

17 世纪的殖民浪潮中，英国在印度殖民地修建了众多俱乐部。殖民俱乐部为英国人服务，是白人娱乐消遣的地方。印度独立后，俱乐部仍然是英国统治阶层权力关系的运作场所，以此为背景，小说《低地》讲述了一对年纪相仿、性格迥异的兄弟之间的故事。和低地一样，俱乐部及围墙具有鲜明的空间隐

① 亨利·列斐伏尔．空间的生产［M］．刘怀玉，等译．北京：商务印书馆，2021.

喻性。当兄弟俩偷偷溜进俱乐部，“突然之间他们再也不在托利岗吉了。他们四周围绕着巨大的炮弹树和桉树、红千层和素馨花”。“苏巴什从没见过这样的草，它们像地毯一样均匀，贴着倾斜的地势展开。此起彼伏，仿佛沙漠中的沙丘，又如海水轻柔的荡漾。”[①] 苏巴什眼中的景色随着他的视线一一跃入他的脑海，从未见过那么多白鹭，草坪上树木的神秘阴影，高尔夫球场的各种新奇事物，伙伴口中英国孩子的生日聚会，远处外国人休闲的身影，马蹄的嗒嗒声，啄木鸟的声音，割草的嚓嚓声，豺狗的毛色、行动和嚎叫，在他眼中的景色是新奇的，是与墙外截然不同的新世界的美好、安宁、闲适。也许正是这番景色掀起了苏巴什留学海外的憧憬。作者调动多种感官，从光线、色彩、形状、触感、声音等多方面描述了英国人在托利岗吉的舒适生活。同在托利岗吉，翻入墙内让两人感受到的新奇世界让他们眩晕。眩晕是由于他们不适应这个新的环境，目不暇接，更在于这个世界不属于他们，它不真实得让人眩晕。可对新世界美好祥和的感受并没有维持太久，两人最后一次离开俱乐部时，在墙外被巡逻的警察逮住，警察下手毫不留情，苏巴什为此挨了鞭打。这几鞭下去，火灼般的疼痛使他难以支撑，内心

---

① 裘帕·拉希莉. 低地［M］. 吴冰青，译. 杭州：浙江文艺出版社，2019：8.

更因此留下疤痕。乌达安试图制止警察，蹲伏保护和安慰哥哥。后来在收音机中，听到中央政府突袭没有武装的贫民、无情杀死叛乱分子的新闻，乌达安的反应同这时的苏巴什一样，如同遭到了人身侮辱，受到了身体上的打击。哥哥切实受到鞭打，弟弟因为不作为的政府行为如同遭受鞭打，真正的根源都指向殖民统治。

乌达安对俱乐部的态度跟哥哥完全不一样，他的叙述不肯带入感情，正如哥哥挨打让他愤然维护，他不甘屈辱，牢记于心。身体的疼痛容易忘记，而心灵的创伤难以治愈。乌达安在纳萨尔巴里运动时期，每每经过托利俱乐部时，都仿佛经受了一次公然侮辱。“城里各处的贫民窟挤得满满的，孩子们在街头出生长大。为什么为了少数人的享受，就要把一百英亩的土地用围墙围起来呢？”[①] 乌达安对权力在空间关系上的二元对立提出质问：借助空间隔离，人造景观打造出墙内祥和安宁的世界，使之成为上层人的乐土。权力完成了空间拆解，将墙外的危险阻隔开来。最后，警察告诫两兄弟这里禁止入内，并对苏巴什施以鞭刑。冷酷的鞭打代表统治者实施了规训与惩罚。

福柯在列斐伏尔的空间理论基础上，进一步提出了“空间

---

① 裘帕·拉希莉．低地［M］．吴冰青，译．杭州：浙江文艺出版社，2019：32.

权力”[①]理论，指出权力并非孤立存在，而是永远存在于各种复杂的关系之中。它不是一成不变的实体，而是变动不居、无处不在的，无时无刻不在被生产出来，渗透在我们生活的每一个角落。在托利俱乐部的围墙内外，权力的空间拆解与规训展现得淋漓尽致。墙内是上层人的乐土，祥和安宁的人造景观掩盖了权力的残酷；而墙外，则是被阻隔的危险与贫困，警察的鞭刑和冷酷态度，正是统治者对不服从者进行的规训与惩罚，彰显了空间权力在维护社会秩序、巩固统治地位中的重要作用。

和高高的围墙一样，高尔夫球场本身就代表英国统治阶级的权力。乌达安说：“高尔夫是买办资产阶级的消遣。托利俱乐部证明印度仍然是一个半殖民地国家，表现得好像英国人从未离开过。”[②]他还指出，纳萨尔巴里运动领导人格瓦拉也得出了同样的结论，并指出，古巴革命之后，首先做的就是清除高尔夫球场。高尔夫球场需要广阔的活动范围，因此，在阿迪恒河两岸，从托利岗吉往南的区域，都是俱乐部的领地。托利岗吉位于加尔各答南端，其河岸地势平坦，这种得天独厚的地理位置非常适合修建高尔夫球场。在历史上，这里曾被海水淹没，在洪水冲刷下形成了沼泽地。也正是这一地理特征，让它被英

① 周和军．空间与权力：福柯空间观解析［J］．学术界，2007（4）：154–160.
② 裘帕·拉希莉．低地［M］．吴冰青，译．杭州：浙江文艺出版社．2019：32.

国殖民者看中并重新开发。在此之前，这里野生动物徜徉，是其自由栖息、漫步的家园。

年少时，苏巴什和乌达安一同在一所面向普通家庭男孩的孟加拉语中等学校上学。他们通过相互比较笔记，了解了印度、加尔各答以及世界的历史和地理知识。“他们了解到，托利岗吉建立在一片填海而成的土地上。几个世纪以前，孟加拉湾湾流更强的时候，这里是一片沼泽地，长满了茂密的红树丛。池塘和稻田、低地，都是沼泽地的残留。”[①]这句话介绍了托利岗吉的地理特征，也说明了加尔各答的历史。低地的前身是沼泽地，托利岗吉是填海而成。小说接着特别详细介绍了沼泽地的红树。这是个特殊的物种，“如果繁殖体在落潮时掉下，就会在含盐的沼泽里抽条，从而繁衍于亲代周围。但是如果在涨潮时掉下，他们便从原地漂走，有时长达一年，最终在适宜的环境中成熟”。这是他们在科学生命课程里学习的内容。红树是托利岗吉的特有的沿海景观。两兄弟的人生选择正如红树的繁殖，一个选择为印度贫民而战，从未离开自己的家园，而苏巴什则选择顺着洋流去往海的另一端，寻找生命的另一种可能。景观在此隐喻了两人不同的价值选择和人生路径。

---

① 裘帕·拉希莉．低地［M］．吴冰青，译．杭州：浙江文艺出版社．2019：16.

托利岗吉的城市景观变化是历史的产物，作者用了短短几段话摆明了托利岗吉幽暗的历史，看似以时间为线索，实际上以空间变化来展示历史变迁。“1770 年，在加尔各答南端以外，英国人建立了一片郊区，最初的人口主要是欧洲人，而非印度人。这里梅花鹿悠然徜徉，翠鸟在地平线上穿梭。”可见，英国人来印度之初，托利岗吉的生态环境美好宜人。而托利俱乐部原本是印度总银行董事长理查德·约翰逊于 1785 年修建的别墅。19 世纪初，英属东印度公司囚禁了战死的迈索尔的统治者蒂普苏丹的遗孀和儿子们。他们获释后从印度西南迁移到托利岗吉。穆斯林在托利岗吉占支配地位，这里的街道仍保留着蒂普流放王朝的名字。其中，穆罕默德王子曾获准居住在约翰逊别墅。而到了 1895 年，苏格兰人偶然发现了这座已被遗弃的房子，随后便着手对其修复，托利俱乐部由此建立。由于居住在加尔各答中心的英国人前往南端托利岗吉，20 世纪 30 年代，这里开通了电车线路。

时间线上的景观变化展示了百年以前的加尔各答，南端靠海，英国人在此建立郊区，掌控了这座城市的发展脉络，推动这片土地从荒芜走向文明。托利俱乐部是印度人的遗产，然后由蒂普王朝所有，而后被英国人霸占，历经波折后，又由英国人修复成现在的俱乐部。这个地区也拥有了电车这道独属于城市中心的风景。红树、海岸、沼泽地、低地、别墅、俱乐部、电车，这些景观昭示了托利岗吉的历史发展离不开殖民统治。原本属于印度的空间被殖民霸权控制，空间即权力，空间即政治。英国在印度的殖民统治从 18 世纪初开始，一直持续到 20 世纪中叶。在这个时期，英国对印度进行了广泛的经济、政治和文化控制。他们通过贸易垄断、土地征收、税收等手段剥削印度的经济资源，并通过设置殖民地政府和行政机构来管理印度，实行官僚制度和政治中央集权。此外，英国还在印度推广英语教育，并试图改变印度的宗教和文化传统，以便更好地控制印度社会。

在小说中，作者试图分开描述托利岗吉。阿迪恒河沿岸的俱乐部的描述采用有限视角，只有闯入其中，才能看到内在的景象，显示出一个封闭而开阔、安宁有序、殖民政府控制之下的空间。与之形成鲜明对照的是低地池塘边混乱的贫民聚集区。这揭示出殖民政府强权控制了加尔各答城市和郊区最美的空间，并且利用政府的权力不断加建围墙，试图屏蔽围墙之外印度难民促狭拥挤、破败困顿的生存空间。反差式的描写对比出这个国家政治的幽暗、潜在的暴动，危机暗涌。

同时对于景观的个体感受、体验和情感联结，作者也做了巧妙的对比。苏巴什初入俱乐部，那些异域风情的热带树木，高尔夫球场如海浪起伏的绿草坪，比起邻居球童的描述想象更具视觉冲击力。段义孚强调，人对环境的感知、态度和价值观是形成人与地之间情感纽带的关键因素。这些因素不仅受到个人经历和文化背景的影响，还随着时间和空间的变化而发生变化。[①] 苏巴什对俱乐部的景象印象深刻，他并不抗拒跟随弟弟多次溜进去，虽然这显然与他安静和循规蹈矩的性格并不相符，这在第三章有确切的描写。他享受这片草坪的美好，那些神秘的景象，远处人们的安逸恬静，身边所触到的、听到的所有事物，都给他留下了“陌生化”的美好。乌达安却与他不同，他闯入其中，享受不曾享有的玩乐，哥哥遭受鞭打激起了他的愤怒，后来谈及或者经过此地，他都毫不遮掩地表达对这个俱乐部及其占领者的愤恨。对比之下，苏巴什从不表达什么。低地和俱乐部是他们年少时共同走进和玩乐的地方，是他们共同感受和观看的景观。而在青年时期，乌达安通过收音机了解印度局势和世界新闻，他不再局限于一隅，视野冲出了加尔各答。他们的脑海中开始有了不同的景观。新闻的播报频频出现不同的地点、事件和人物。乌达安总是强烈表达自己的见解。苏巴什还是无心顾及政治。他只关心弟弟的安危。在发现弟弟参加

---

① 段义孚．恋地情结：对环境感知、态度与价值观的研究［M］．志丞，刘苏，译．北京：商务印书馆，2018.

政治活动后，他随他参加了一次听课。然而那些见解在他眼里无比肤浅，他感到愤怒。

《低地》中的景观不只有关于家园记忆中的城市，还有与城市交融的地理景观。小说中反复写到阿迪恒河。阿迪恒河是恒河的分支，与恒河一样同是印度的母亲河，是生态系统的重要组成部分之一，为许多野生动植物提供了栖息地。然而，随着难民涌入，这些河流也面临着严重的污染和环境问题。印度在这一时期的难民问题并没有被政府很好地解决。

加尔各答位于恒河三角洲的冲积平原上，曾是英属印度的首都，从 1772 年到 1911 年的 140 年间，这里都是印度的政治和文化中心。恒河与这座城市的历史紧密相连，为加尔各答增添了一种独特的韵味。加尔各答的气候湿热，降水量大，这使恒河在雨季时水流汹涌，而在旱季则变得相对平缓。这种季节性的变化为恒河景观增添了动态的元素。恒河景观还与其社会环境紧密相连。这里是印度著名诗人泰戈尔的故乡，以印度共产党（马）为主的左翼阵线也曾在此连续执政 30 年。这些人为因素为恒河景观注入了深厚的文化和社会内涵。总之，恒河在加尔各答呈现出历史、文化、自然和社会等多方面的特征，是这座城市不可或缺的组成部分。

拉希莉在小说《低地》的叙事背景中融入了罗得岛及朱迪

斯角的自然景观描述，为故事增添一抹独特的地理风情与文化底蕴，同时深化小说中对环境、人物与命运交织关系的探讨。美国罗得岛位于美国东海岸的新英格兰地区，地势相对平坦，拥有丰富的自然环境资源，包括海滩、湖泊、森林和自然保护区。这些海滩地区提供了优美的沙滩、清澈的海水。特别值得一提的是，朱迪斯角这个位于罗得岛南部的著名景点，在《低地》的叙事中，成为人物心灵寻求慰藉或遭遇转折的关键场所。这片风景如画的海角位于纳拉甘西特湾的东岸，以其壮丽的海景和丰富的野生动物，为小说增添了一抹野性与生机。海鸟的翱翔、鱼类的跃动，构成了一幅生动的自然画卷，也与小说中人物的内心世界形成了微妙的呼应。

苏巴什在这里漫步、观鸟，与自然对话、与自己内心对话。朱迪斯角的每一处风景都能成为小说中情感流转、情节推进的触媒。罗得岛及其自然景观在《低地》中的融入，不仅是对地理环境的描述，更是对小说主题的深化。这片土地上的自然美景与人文历史，与小说中人物的命运紧密相连，共同编织出一幅关于爱、失去、重生与和解的复杂图景。通过罗得岛与朱迪斯角的景观描绘，小说或许是在探讨人与自然的关系、人与社会的关系，以及人在面对生活困境时，如何在这片既温柔又严酷的土地上，找到属于自己的低地，安放自己的心灵。

罗得岛成了《低地》中一个引人入胜的地理舞台，州内低矮的山丘与广阔的河谷，不仅构成了小说人物活动的物理空间，也寓意人物生活的起伏与变迁。那些散布其间的淡水湖泊和蜿蜒河流，如同小说中流淌的情感与记忆，滋养着这片土地上的生灵，也滋润着读者的心田。

正如《低地》中的描述，兄弟俩一个为了民族解放死于英印统治者的枪下，一个按照预定的梦想去往美国求学并成功立足，通过地理上的迁移，从一个国度流向另一个国度，跨越边界，渴望在美国实现梦想。然而，他们需要跨越的，不仅是地理边界，拉希莉在一部接一部的作品中，向我们讲述了越界之后的种种困境。《低地》中无论是着眼于加尔各答的家和街区，还是美国罗得岛漫长的求学之旅，以及后来苏巴什和高丽长久生活学习过的罗得岛校园，都为我们提供了可供凝视的空间。《低地》不仅是移民生活的故事，还有超越性别、种族、阶层的宏大历史主题，这种意义的构建是通过作者不动声色的生活细节描写实现的，所有情感和理念在日常化的生活实践中娓娓叙来，如涓涓细流，于无声处见最深沉的哀痛、最尖厉的呐喊。空间展示社会关系，彰显政治权力。

第二节　空间意象与空间隐喻

南帆在《文学的意义生产与接受：六个问题》中谈到了物质生产与意义生产的区别。人类社会从事的物质生产，如农业生产、工业生产，大都是物质生产。[①] 物质生产是为了满足人类衣食住行的生存需要。而如今，物质生产和文化生产如此发达，物质空间包括自然景观和社会景观都被赋予了意义。很多时候，物质空间也是意义空间。“明月、清风、大漠、江湖，这些远远不止是一些天文、地理或者气象资料，它们早就在中国古典诗中充当各种意义的隐喻。”南帆在《多维的关系》中指出，不论是古代先贤还是当代作家，他们描写了爱情的美好或者人生的波折，建筑的雄伟或者心灵的扭曲，笔下的物理空间、人物关系、形象塑造、故事情节，都只是印刷在纸上的符号，为那个时代的意义生产添砖加瓦，而非在物质层面做出贡献。但这并不是说文学的意义生产没有价值。相反，文学的意义生产对人类无比珍贵。文学的意义生产与空间存在天然联系。[②]

---

① 南帆．文学的意义生产与接受：六个问题［J］．东南学术，2010（6）：4–14.
② 南帆．多维的关系［M］．福州：福建教育出版社，2018：205.

“空间不单是一个容器，它还能告诉居民及读者有关某个民族的故事，他们的观念信仰和民族特征。”列斐伏尔在《空间的生产》中指出空间的特征：二元对立的多样性、差异性和开放性特征。[①] 迈克·克朗也在《文化地理学》中研究文化如何赋予空间以意义，怎样影响我们的日常生活空间。

流动性带来地域空间位移，既包括社会空间、景观反映出的文化身份建构，也包括物质性的住宅、房屋、阳台、树林、街区、道路、气候、海洋、花园等具体的生存空间，体现地域附着的人物关系和情感依恋。本节运用文化地理学及“空间权力”相关理论，对裘帕·拉希莉小说中的社会空间进行阐释，深入探讨人与人、人与社会之间的复杂关系。在拉希莉的小说里，跨国流散群体跨越山海，从母国印度踏上新的生活旅程。在故事中，加尔各答、孟买、纽约、西雅图、罗马、巴黎、伦敦等城市，以及海岸、广场、湖泊等地理场景反复出现，构成了小说独特的空间背景。

一、海洋与陆地

政治哲学家、法学家卡尔·施米特在《陆地与海洋：古今

① 亨利·列斐伏尔．空间的生产［M］．刘怀玉，等译．北京：商务印书馆，2021.

之“法变”》中，从空间的角度论述欧洲近代政治格局的变迁：海洋象征英美海洋国家及其法理传统，陆地象征欧陆国家及其法理传统。近代政治格局的演变就是海洋国家力图征服陆地国家的历史，海洋与大陆分别代表了两种法理和政治传统，两者之间的差异具有人类学的根源，战争并不能消除这种差异。[①]

施米特以空间为视角，巧妙地勾勒出欧洲近代政治格局的变迁轨迹。在他看来，海洋与陆地不仅是地理上的划分，更是两种截然不同的法理和政治传统的象征。海洋，广袤无垠，象征着英美等海洋国家的开放、灵活与探险精神，以及它们所秉持的法理传统；而陆地，则代表着欧陆国家的稳固、传统与秩序，以及深植于其中的法律观念。

这一空间上的对立，在拉希莉的作品中得到了更为细腻的描绘和深入的剖析。她通过丰富的历史细节和生动的叙事手法，将海洋国家与陆地国家在政治、文化等方面的碰撞和融合展现得淋漓尽致。海洋国家以其无限的扩张欲望和对外贸易的繁荣，不断冲击着陆地国家的传统边界和法理体系。这种冲击，不仅是军事上的征服和领土的争夺，更是思想、文化和法律理念的交锋与碰撞。

① 卡尔·施米特．陆地与海洋：古今之“法变”［M］．林国基，周敏，译．上海：华东师范大学出版社，2006.

海洋国家的法理传统强调个人的自由和权利，注重契约精神和法治原则，这与陆地国家强调的集体利益、等级制度和权威主义形成了鲜明的对比。这种法理传统的差异，导致两国在政治制度、社会结构和文化观念上的巨大分歧。然而，正是这种分歧，使得两国在相互交往中产生了强烈的吸引力和排斥力，推动了历史的进程和政治格局的变迁。

施米特强调，海洋与大陆之间的差异具有深刻的人类学根源，是两种文明、两种生活方式的选择与坚持。战争，尽管是历史中不可或缺的一部分，却无法从根本上消除这种差异。在裘帕·拉希莉的笔下，我们看到战争不仅是破坏和毁灭，更是变革和重生的契机。它加剧了海洋与陆地之间的紧张和对立，也使得双方在不断的碰撞与磨合中，逐渐形成各自独特的政治法理传统，并在这些传统的基础上，不断寻求新的发展和突破。

总之，海洋与陆地的空间象征意义，在施米特的理论框架和裘帕·拉希莉的文学想象中得到了充分的展现与深入的探讨。它们不仅是地理上的划分，更是两种文明、两种法理传统的对立与融合，是推动历史进程和政治格局变迁的重要力量。

二、《低地》的隐喻

《低地》同样书写地域空间的跨越，加尔各答和罗得岛成为故事的背景地，人物角色活动的场所，也是有限叙述视角下的故事背景空间，两个不同的地理场所成为拉希莉作品主题表达、观念呈现、情感抒发的重要载体，是空间建构的主要框架。

《低地》这部小说以印度两兄弟的人生历程为线索，讲述了他们各自奔赴不同人生追求的波折经历。拉希莉在前几章节的景观描写非常突出。首先是低地作为他们生活的周边，再就是托利俱乐部，然后是两兄弟居住的家中的描写，具体描述了生活中他们不同的性格和行事风格，再在第四章对殖民统治、印度独立和纳萨尔巴里运动的直接讨论，其间也穿插着低地的风景描写和托利俱乐部的景观描写。所以，小说一开始就以景观吸引读者，景观反映社会背景、政治局势，也体现社会风俗、阶级对立，历史问题在两者一幕幕的反差性对比中凸显。

“低地”即小说开端的地方，也是两兄弟的家和成长的领地。低地景观，既是他们生活中目之所及的日常景色，也是他们情感的联结地。这片低地在不同季节呈现的景象伴随他们的成长岁月，见证了他们的手足之情，同时也作为小说的重要场景，是弟弟被捕和枪毙的地方，是他短暂人生的终结地。低地中弟弟乌达安的小小墓碑，是其妻子高丽和他母亲寄托哀思的地方，是一家人感受痛苦无法忘怀的心灵徜徉地。在小说中，低地反复在主人公眼前出现，作为叙述线索，“低地”这一地方概念表述了主人公的主观体验，传达出人物的地理感知，以及他们对环境、对人生境遇的态度。低地，无疑被作者加以想象与修饰，具有强烈的象征意义。地理景观的真正效果和意义并不在于它是否如实再现了客观的地理景象，而在于其“微妙的人文特质，在于那种能够揭示人性价值潜在层面的可能性”。[①]

小说第一章写道：“托利俱乐部的东边，‘为国献身者’萨什摩大道分成两股之后，有一座小清真寺，拐弯就进入一片安静的聚居区。一片拥挤的狭窄小巷和普通中产阶级房舍。曾经，这片聚居区有两个池塘，椭圆形，彼此紧挨着。池塘后面是一片几英亩大的低地。季雨过后，池水上涨，淹没了池塘之间修筑的路堤。低地也积满了三四英尺深的雨水，一年好几个月就这样淹着。积雨的平地密密匝匝覆盖着水葫芦。这种漂浮的水生植物生长迅速。它的叶子使水面看着像是实地。绿色与天空的蓝色形成鲜明对比。”[②] 首先一句话说明托利俱乐部与聚居区

① 郑佳.《日诞之地》中的地理景观：人文主义地理学视角［J］. 外国文学评论，2016（3）：155–168.

② 裘帕·拉希莉. 低地［M］. 吴冰青，译. 杭州：浙江文艺出版社，2019：3–4.

相邻，并对低地的地理样貌、生态环境、居住群体做了简明扼要的介绍。“苏巴什和乌达安走过低地无数次了。这是去邻里外围一个运动场的捷径，他们在那里踢足球。避开水坑，踩过一簇簇尚在原地的水葫芦叶子。呼吸着潮湿的空气。”[①] 低地是两兄弟日常必经地，是他们成长中熟悉的场所，是他们兄弟情谊的见证。这片低地默默看着他们成长，从旱季到雨季，正如他们熟悉低地的潮湿与干旱。

小说第二章开始介绍托利俱乐部。这是一片禁地，“像这一带大多数人一样，他们已经走过俱乐部的木制大门、砖墙成百上千次了”。但他们从来没有踏足托利俱乐部。接着从兄弟俩写到父亲，“一直到四十年代中期，他们的父亲还经常从围墙外头观看赛马绕着赛道奔驰。他是站在街上看的，站在那些买不起门票，或者进不了俱乐部场地的下注者和看客中间。但是第二次世界大战之后，在苏巴什和乌达安出生前后，围墙增添了高度，公众也就再也看不到里面的情形了”。[②] 这无疑是父亲讲述的，父亲眼中的托利俱乐部，也是俱乐部的历史。三言两语，围墙的高度在这几十年间竟然不减反增，暗示了历史上英殖民统治和印度聚居民众的统治与反抗、压制与抗衡。

① 裘帕·拉希莉．低地［M］．吴冰青，译．杭州：浙江文艺出版社，2019：4.
② 裘帕·拉希莉．低地［M］．吴冰青，译．杭州：浙江文艺出版社，2019：5.

紧接着借当球童的邻居比斯米拉提起了印度复杂的历史纷争，印巴分治，宗教冲突。比斯米拉是球童，熟悉俱乐部高雅的高尔夫球运动，成了兄弟俩好奇心的驱动者。他们也借比斯米拉之手画出俱乐部的地图，地图展示地方方位和布局，勾勒出俱乐部不为外人所见的神秘的面貌。“会所近旁有一个游泳池、几间马厩和一个网球场。还有餐厅，那里茶水是从银质茶壶里倒出来的，又有台球和桥牌的专用房间。留声机播放着音乐。调酒师身着白色大衣，在调配被称为粉红佳人和杜松子酒的饮品。”①寥寥几笔，勾勒出英国殖民统治阶级奢华享乐的生活。

“俱乐部的管理层最近修建了更多的界墙，以防闲人闯入。”②这个时期苏巴什 13 岁左右，也就是 1965 年到 1967 年之间，这段时期是印度局势最危险的时期，印巴分治，农民运动遭到西孟加拉邦政府的血腥镇压。“这些日子，河道成了死水，两旁排列着从达卡、拉杰沙希和吉大港逃难过来的印度教徒的定居点。加尔各答容纳却又忽视了这些难民人口。自从十年前印巴分治以来，他们已经占领了托利岗吉许多地区，犹如季雨淹没那片

① 裘帕·拉希莉．低地［M］．吴冰青，译．杭州：浙江文艺出版社，2019：6.
② 裘帕·拉希莉．低地［M］．吴冰青，译．杭州：浙江文艺出版社，2019：26.

低地。”[①]

低地是难民涌入之地，势如洪水，他们被剥夺了土地，他们用帆布、茅草、竹编筑起窝棚，“没有卫生设施，没有电力。住在垃圾堆旁边的棚户中，住在任何他们找得到的空间”。[②] 低地位于加尔各答西南，也是恒河支流之上。而托利俱乐部正是在阿迪恒河两岸。由此，原本的俱乐部所在地的干净有序变成了杂乱不堪。糟糕的环境迫使俱乐部不得不修建围墙，以隔绝外围不堪入目的脏污和贫穷。围墙以一种强权姿态，摒弃了外面的风景，更阻挡了外来的目光。围墙次次加高，证实了印巴分治的失败，殖民统治者的权力魅影仍未消散，所谓独立不过是自欺欺人。围墙内外，是殖民统治的世界和被剥削者的世界，围墙隔绝了两个世界的流通。墙内是文明与高雅，墙外是野蛮与污浊。墙即规则，宣告殖民体系的高高在上，不可侵犯，以及其对印度贫民的鄙视和侮辱；墙即权力，象征两个阶层森严的界限。这种空间上的二元对立，不仅是物理上的隔离，更是一种景观政治的体现。景观政治，作为一种权力展示和统治手段，通过构建和维护特定的空间景观，来强化社会等级和权力关系。托利俱乐部那祥和安宁的人造景观，正是权力者为了彰

---

① 裘帕·拉希莉. 低地［M］. 吴冰青，译. 杭州：浙江文艺出版社，2019：6.
② 裘帕·拉希莉. 低地［M］. 吴冰青，译. 杭州：浙江文艺出版社，2019：7.

显其地位与特权而精心打造的。它像一座孤岛，矗立在贫民窟的海洋中，用其华丽的外表和内部的享乐，无情地嘲讽着墙外世界的苦难与挣扎。

大学校园里爆发示威游行，保卫农民，抗议杀戮，支持纳萨尔巴里。“乌达安引用了中国报章的预测：大吉岭的星星之火，终将燎原，一定要燎原。一场席卷全印度的革命武装斗争的伟大风暴，终将到来，一定要到来！”[①] 运动领袖人物被处决之后，印度开始出版自己的期刊，转载中共杂志的文章。就纳萨尔巴里运动，父子三人都有各自的立场。弟弟乌达安斥责父亲：“你们这代人没有解决任何问题。”“它把我们带到了哪里了？谁得到过它的帮助？”[②] 乌达安直指印度独立的形式和实质，而俱乐部里，仍然挂着伊丽莎白二世的辉煌画像，不是当时的印度总理。形式上的独立意味着殖民分化政策对这个国家和人民没有任何真正的帮助。乌达安认为，纳萨尔巴里是一个激励，是改变的动力。而父亲说：“我知道一个系统取代另一个系统需要付出什么代价。不是你。”[③] 父亲是政府雇员，不能加入任何政党或工会，被禁止公开发表言论。父亲从不冒风险。而乌达安是

---

① 裘帕·拉希莉．低地［M］．吴冰青，译．杭州：浙江文艺出版社，2019：28–29.
② 裘帕·拉希莉．低地［M］．吴冰青，译．杭州：浙江文艺出版社，2019：29.
③ 裘帕·拉希莉．低地［M］．吴冰青，译．杭州：浙江文艺出版社，2019：29.

抛弃了家的情怀，激进的爱国者，他研读马克思和毛泽东思想，有强烈的爱国情怀和积极的斗争思想。他挑战他们的父亲："如果他为印度独立感到这么骄傲，为什么当时没有抗议英国？为什么他从来没有加入工会？既然他在选举中投票给了共产党人，为什么从来没有表明立场？"苏巴什说："这是为了我们的缘故。他是负责任的。"[①] 兄弟俩对政治和局势有不同的表态，乌达安决绝勇敢，苏巴什中规中矩，不肯冒险。兄弟俩走在池塘边缘，绕过被洪水淹没的地方，"走着走着，乌达安停了下来，眼望着低地周围那些破败的小屋，还有水面上繁茂生长的鲜亮水葫芦"。"它已经卓有成效了。"乌达安回答道："毛改变了中国。"苏巴什回答："印度不是中国。"乌达安说："不是。但可以是。"[②]

这片低地，以及雨季掠过低地的洪水，繁茂生长的水葫芦，在小说中刻意出现。低地的寓意，首先在前四章的景观描述中，表现出主人公强烈的政治倾向性。乌达安向往国家真正的独立。低地的洪水泛滥期景象，在乌达安眼里犹如涌入贫民窟的难民。在这里，低地是印度流浪者的聚居地，他们因为政治而无家可归，流离失所，被迫在无人居住的池塘边搭建简陋的棚屋以求

---

① 裘帕·拉希莉.低地［M］.吴冰青，译.杭州：浙江文艺出版社，2019：30.
② 裘帕·拉希莉.低地［M］.吴冰青，译.杭州：浙江文艺出版社，2019：31.

一线生机。低地是普通民众的生的家园，是受害者，是与英国殖民者相对的底层阶级。低地虽然破败，小屋只不过给了流浪者简单的庇护，但水面上水葫芦繁茂，引来白鹭，或有其他生物，这低地的水域还是给流浪者提供了简单的生存物质，人们在水中扒取食物。这低地俨然是他们的生命保障之地。而毛主席“星星之火，可以燎原”的语录在此回响，乌达安认为，这绿色大地的勃勃生机，这旺盛的生命力，正如中国的星星之火，印度也可以像中国一样，让革命的星火燃遍原野，为印度带来新的生命力。[①]

① 裘帕·拉希莉．低地［M］．吴冰青，译．杭州：浙江文艺出版社，2019：29.

第四章

心理空间的建构

心理空间的建构是指在文学作品中，作者通过对人物内心世界的刻画、情感的表达等，营造出一个独特的精神领域。在拉希莉的作品中，常通过细腻描写移民的复杂情感，建构出他们充满挣扎与归属感的心理空间。

第一节　都市景观与心理刻画

一、城市空间与女性书写

城市是拉希莉小说故事的发生地，城市景观的描写包含了作家对城市社会生活的深刻理解和认识。加尔各答、罗得岛、波士顿、巴黎、罗马是许多故事的场景地。在《低地》中，拉希莉笔下的加尔各答景观，是市中心的车水马龙、流动的商贩，是南端托利岗吉贫民区的黑暗，是恒河岸白人俱乐部的绿意盎然，是穷人小巷的脏污拥挤……拉希莉通过反差式景观对比方式，把殖民政府管辖控制的俱乐部描写得美好安逸，展示了殖民权力对城市的规划和建设，对加尔各答的掌控；而贫民区的脏乱和民不聊生，深刻揭示出英殖民政府在印度独立后的幕后操控，展示了权力对城市的控制。

《不适之地》中的主人公同样游走在多个城市。露玛离开了纽约，跟随丈夫搬到西雅图。拉希莉笔下的加尔各答是移民的故乡。露玛的父母记得从美国飞往加尔各答的漫长旅途劳累疲惫，根本没有精力观赏途中任何景色。旅程烦琐，旅费昂贵，过程充斥着焦虑和不安，返回加尔各答后也因为无法陪伴父母而感到难过与羞愧。加尔各答这座城市对于移民来说，是回不去的家园，是难以割舍的亲情，返乡是一种遵从印度文化传统的义务，是对家庭的责任，这反映了印度社会文化对移居者的长久影响。在《疾病解说者》《同名人》和《低地》中，印裔移民不断返回加尔各答，也通过信件知晓关于家人和家乡的一切，甚至在移居国沿袭所有的印度习俗，以保证他们文化的延续。

加尔各答不仅是一座城市，更是所有移民的精神中心，是他们对过去的无法割舍和对文化之根的守护。

城市景观描写反映出家庭与社会关系，城市生活经历和城市旅行展示了小说中人物对城市的不同理解。城市的空间建构也展示出因性别不同而存在的差异，呼应了移民女性的精神空间建构。在拉希莉的短篇小说集中，居住在美国的印裔男孩大都遵从了父母之命，娶了印度女孩。《森太太》中的森太太跟随丈夫到美国生活，而语言不通的她无法工作，对加尔各答的日常生活回忆成了她孤独婚姻的解药。她一遍遍读着加尔各答亲人的来信，寄托对家园的思念之情。加尔各答的家，回忆中的景观，不单单是情感的依托，更是精神家园的写照。移民女性的家庭困境、面对新世界的不适应和脱离原本生活失去身份归属的苦痛，投射在加尔各答这座城市中。

《不适之地》中，露玛视角下的母亲婚姻不幸，她为家庭付出了一切，失去了印度的亲人，却得不到丈夫的爱，最终因手术离世……这一切令露玛对父亲心生怨恨。对露玛来说，飞往加尔各答只是令人精疲力竭的烦闷行程；而对父母来说，这是他们终生无法释怀的失去和无法弥补的责任。加尔各答寄托了父母对亲人的思念、对过去的回望，还有在异国谋生的不易。露玛回忆到，妈妈无比热爱花园，花园里种满了满足一家人食用的各种蔬菜，还能挖出新鲜的土豆送给来聚会的朋友们。妈妈对种菜乐此不疲，花园的劳作和收获是她快乐与自豪的源泉。

结婚后搬到新家的露玛拥有开阔的户外花园，而她疏于管理，父亲看到后自作主张，为她种上了精心搭配的植物，有可以吃的西红柿，也有景观植物，各种花卉，还有妈妈最爱的绣球花。花园的景观使得露玛从情感上把父母联结起来，看到在花园劳作的父亲，露玛的心底泛起了酸楚，既有对母亲的思念，也有对长期以来误会父亲的自责。不同于过去一家人拥挤的窗边，露玛拥有一个宽敞的阳台。沏上一壶大吉岭茶，摆上一盘印度饼干，露玛和父亲一起坐在阳台上，欣赏花园的风景，父女俩难得如此平静、和谐地共度短暂时光。绣球花让她从对父亲的怨恨中释怀，绣球花“并不足以向露玛证明爸爸爱过妈妈，甚至表示他想念她。然而，在投入另一个女人怀里以前，爸爸在这里种上绣球花，借此表示缅怀妈妈”。[①] 由此，露玛不再介怀，帮父亲寄出了那张给新女友的明信片。在这个家庭关系中，厨房、阳台、客厅、花园，寄寓了性别空间的差异。

同样是移居者，印度女性在家庭中长期处于依附者的地位。如同克朗在《文化地理学》中对性别空间的探讨。女性多占据

---

① 裘帕·拉希莉．不适之地［M］．施清真，译．上海：上海译文出版社，2010：52.

家庭中阴暗的空间，比如厨房、阁楼，厨房往往建在房屋的背后，那里是女性每天度过大多数时光的地方。《森太太》中的森太太，整日忙于厨房或者客厅，切菜、洗菜、做菜。屋后的菜地和厨房是露玛妈妈的主要战场，也是婚姻冷淡关系的排解场所。《低地》中原本居住在自己的学院街宽敞自由房子的高丽，婚后随丈夫居住在婆家光线昏暗的小屋里。这些空间和景观，默默诉说着移民女性的命运与遭遇，也暗示印度传统婚姻观念束缚下女性在婚姻中的不幸。

露玛作为移民第二代，同样经历了身份的困惑。在美国同龄人眼中，她们的肤色已经说明她们的身份。尽管她们生在美国，长在美国，接受美国的教育，与美国白人谈恋爱，她们以为自己是美国人，然而，她们在他人眼里永远是外来者。露玛背离了传统印度婚姻模式，选择嫁给白人。而父亲更在意的是，她不应该像她妈妈那样，仅仅做个家庭主妇，她接受了很好的教育，不应该只是围着家庭打转。父亲的担忧说明他在婚姻关系中同样是受害者，他也忍受了仓促安排的婚姻中情感的缺失、妻子无法适应新环境的不足，同时承受了更大的生活压力。亲身经历和对儿女的爱使得他不忘告诫女儿必须有独立的经济能力，必须在尚且年轻时为自己做好职业规划以应对未来的生活。尽管女儿已经拥有大房子，宽敞的阳台，还有大大的花园，父亲仍旧希望，女儿与传统观念里站在隐蔽处的女性不同，有更好地把控自己命运的能力。

作家通过作品中的流动性来反映关系的转变，在此过程中，女性获得了自由选择的权利。曾经，自由、家庭和欲望属于并彰显着男性的世界，如杰克·凯鲁亚克的《在路上》歌颂了男性的逃离，爱丽丝·门罗的《逃离》则讲述了女性逃离的失败。而拉希莉笔下的女性均有不同程度逃避家庭的表现，以此展现女性自身的人生和世界。拉希莉书写了女性所在的家庭空间，以及她们从家庭的逃离。其小说中的空间具有性别意识，展现女性劳作、忍耐与坚守的美好品质。

美国是一个移民国家，在美国历史叙事中，这一直是美国的国家形象。然而，长期以来存在这样一种矛盾的观念：一方面，强调美国是“大熔炉”，宣扬着白人对其他所有人种的包容；另一方面，在很多固有认知里，“美国人”却被等同于“白人”，这种认知实际上与“大熔炉”所倡导的包容理念相悖。在拉希莉的故事里，不只有白人和深肤色的印裔人出现，还刻画了许多不同种族、国家的人物形象。即使都来自印度，他们也有不同的背景：有的是贵族身份，如《年终岁末里》卡西克的母亲，《地狱—天堂》里的普叔叔，他们顺利抵达美国，得以享受更好的生活；有的是为了更好的教育资源，比如《低地》中的苏巴什；有的是迫于生活，比如果戈理的妈妈，《森太太》里的妻子森太太，奉父母之命嫁给异国求学的男子，她们在印度并没有很好的前景，但为了父母和生计，不得不远渡重洋来到美国安家。他们的婚姻观同样反映在小说的景观描写之中。城市的空间建构，呼应了移民女性的精神空间建构。《不适之地》短篇小说集以日常场景建构为主，小说故事结构精妙，叙述视角多变，着眼于人物内心情感变化，于细微之处不着痕迹地表现性别、种族等深刻主题，体现出全球化背景下跨国流散的强烈时代感。

拉希莉的流散书写赢得了读者的喜爱。她尤其擅长描写故事发展中人物的心理变化，常常在看似不经意间，便已为后续的情节埋下了伏笔。故事中的空间变化伴随着人物心境的改变，空间位移展示了人物社会空间的改变，从熟悉的邻里相望的印度社区到陌生的城市，从习惯离群索居到遇到新室友，或是与同样身处异乡的人建立联系……历经种种际遇，人物在全新的境遇中不断尝试接触外界、努力适应，进而融合，也有人辗转多地、历经波折，最终又回到原点。流居到他乡的流散人群，对故土的记忆、融入新环境时需要面对的孤独寂寞，以及对家乡家人的强烈思念，都被拉希莉以极其细腻的笔触印入读者的心灵。拉希莉通过一个个小故事展现流散人群的异国生活，人地关系、群体特征、人物身份追寻、生存困境、心理矛盾等不同层次的空间建构，全面展示了跨国流散族裔面临的各种困境。在新文化地理学视角下的多种论题，诸如族裔身份、归属、权力等得到了新的阐释和言说。

二、“家”空间与身份追寻

在拉希莉的空间书写中一个大的主题就是对于家的渴望。印度移民离开自己的家园，漂洋过海来到美洲新大陆，尽管这片土壤逐渐从陌生变为熟悉，但他们始终没有被完全接纳。为了生存以及获得更好的学业和工作机会，他们选择离开印度去往美国。从某种意义来说，寻找正义、机会和自由也就是对家的探寻，是移民家园想象的源头。离家不仅要面对物理空间的隔离，更重要的是精神归属的困惑，移民思乡是人类普遍的渴望，渴望拥有立足之地，渴望获得安全感和归属感。

在地理学研究中，地理位移和地域流动，家庭的迁居，成员的流动，打破了传统的家居模式，不再固定时空，时代变迁和社会变化决定了人文地理学研究中必须关注“家”的内涵变化和家庭迁移。随着人文地理学的文化转向，新文化地理学日益关注日常生活实践中的空间生产。文学创作并非单纯映射地理空间，在流动书写和空间叙事的背后，实则是对社会和文化的深入探讨。就拿家宅来说，它所呈现的实际上是人的迁徙与流动。接下来，我们从“家”空间、城市空间、跨国空间这三个维度，探讨裘帕·拉希莉小说的空间书写，关照作家的家园情结和间性思维，品味作家独特的审美艺术。

世界性的人口流动促使移民文学的兴起，而流动性必然导致身份的复杂性。从物理层面来说，流动体现为地理位移。在20世纪，全球化进程加速、移民现象频发以及跨文化交流日益频繁的大背景下，世界范围内出现了大规模的移民潮。而伴随全球范围内的人口迁移的便是移民文学的兴起。

跨越空间的流动，让移民群体接触不同的文化，尝试别样的生活方式，体验价值观的差异与碰撞。在不同文化空间中迁移、旅行、旅居，是这类移民作家的亲身经历。因而，书写移民的跨界之旅，以及空间转换所引发的身份困惑和文化冲突，成为他们写作的主题。

跨国移民的家不仅是一个固定的位置，更是一系列的社会网络，是不固定和流动的概念。拉希莉的书写如同这股文学潮流中的独特风景，展示了跨国流动中古老印度的文化魅力。拉希莉笔下的印裔移民，既属于印度社区文化群体，又在跨国流动之后属于移居国的文化群体。流动性给身份带来了两种特性，既融合了原有文化的特性，也融入了新的文化要素。融合产生了混合性，同样带来不可融合的冲突性。拉希莉描绘了移民身份之困，但在故事叙述中呈现出包容的姿态，既书写了移民一代的身份困境、追寻自身身份认同遭遇的阵痛，亦书写了第二代移民在身份追寻中不断地思考、探索和接纳。拉希莉没有提供唯一的答案，甚至书写了在身份断裂后种种不堪的结局，抑或最终释怀，选择接纳和融入新的文化之中。

迈克·克朗认为，文学与地理学密切相关，文学创作并非简单地反映地理空间，文学中的地理书写是作者主观地区经验的创造性书写与表达，文学作品中的地理描写是对“家”的创建。[①]

加斯东·巴什拉（Gaston Bachelard，1884—1962）认为，应把“家宅当作人类灵魂的分析工具”。[②] 他在著作《空间的诗学》中指出，一切真正有人居住的空间都具备家宅概念的本质。所以，只要有人栖息，那这个空间便构成了一个家宅。变化的家宅实际上显示的是人的迁徙与流动。空间并非填充物体的容

① 迈克·克朗．文化地理学［M］．杨淑华，宋慧敏，译．南京：南京大学出版社，2005.

② 加斯东·巴什拉．空间的诗学［M］．张逸婧，译．上海：上海译文出版社，2013：25.

器，而是人类意识的居所。家屋是人在世界的落脚处，是他们的身体、精神和社会意义的居所。由此，无论是大房子的主人还是寄居者，他们都是房子的灵魂所在。一旦大房子失去，他们就失去了庇佑他们身份、地位的护身符，失去了权势和未来。地理上的移位必然带来身份、文化的混杂，这种杂交特质使他们无法融入文化，从而遭遇文化孤立的困境。房子的倒塌毁掉的不仅是一个建筑符号，更是背后承载的产业和权势的象征，是其衰败结局的空间表征和深刻隐喻。他认为，家宅对于研究内部空间的内心价值是最合适的存在。

邓肯（J.S.Duncan）和莱（D. Ley）编著的论文集《地方、文化与再现》中指出，“克尼芬指出，住宅是一种文化景观，应关注景观对观察者的文化含义及其变化”。[①] 在《空间的诗学》中，加斯东·巴什拉为读者构建出了具有哲学意义的家宅空间。在巴什拉看来，“家宅是一种强大的融合力量，把人的思想、回忆和梦融合在一起……没有家宅，人就成了流离失所的存在。家宅在自然风暴和人生的风暴中保卫着人。它既是身体又是灵魂。它是人类最早的世界”。[②] 在他眼中，“家宅”这一空间带

---

① Duncan, James, and David Ley［M］Place/Culture/Representation. London: Routledge. 1993：98.

② 加斯东·巴什拉．空间的诗学［M］．张逸婧，译．上海：上海译文出版社，2013：51.

给人安定和幸福，是人最为密切的生命空间。

家园叙事背后是对社会和文化的深入探讨。拉希莉笔下的主人公同样展现出家园构建的生命历程。20 世纪 60 年代，印度陷于国内政治斗争和英国殖民统治的泥泞中，迫使很多印裔群体选择离开家园来到美国。他们在学业上勤奋努力，通过奋斗获得体面的学历和高收入的工作。故事虽各有不同，但都涉及印裔移民在离家后独自面对求学、工作、爱情、婚姻的种种困惑，融入新环境遭遇的尴尬处境以及在美国建立新家园的波折。正是这一时期的社会环境影响了印裔移民的生活和选择，拉希莉本人也是第二代移民，对移民生活的切身感受和对印度文化的向往促使她笔下的文字既反映了真实的移民生活又揭开了异域文化的神秘面纱。她的描写反映了一代人的抉择和对生活的多方面影响，尤其是移民必须面对的身份困惑和心理挣扎。

拉希莉的主人公都经历了各式各样的家园想象，历经复杂的家园重建和身份重构经历。正如《奥德赛》① 中的故事模式，主人公离开家园，接受重重考验并克服困难终究获得胜利，拒绝旅途中的诱惑，不畏艰难险阻最终返回家园。《奥德赛》讲述了希腊英雄奥德修斯在特洛伊战争之后返回家乡的冒险故事。

---

① 荷马．奥德赛［M］．王焕生，译．北京：人民文学出版社，2012.

故事始于特洛伊战争结束之际，英雄奥德修斯由此踏上了回家的旅程。然而，他在海上遭遇了无数困难和挑战，包括被海神波塞冬困在荒岛，遭遇巨人、女妖、海怪等危险。在这些冒险中，奥德修斯展现出了非凡的勇气和智慧，成功地克服了重重困难，终于回到了他的家乡伊萨卡岛。然而，当奥德修斯回到家乡时，却发现家中已经被一群垂涎他妻子的所谓求婚者占据。为了夺回家园，奥德修斯与求婚者之间展开了一场殊死搏斗。在这场搏斗中，奥德修斯展现出了非凡的勇气和智慧，最终成功地击败了求婚者，夺回了家园，重建了家庭。《奥德赛》的故事充满了冒险、挑战和智慧，深刻揭示了人类的冲突、智慧和勇气。同时，它也可以被解读为一部关于旅程和心灵成长的故事，展现了奥德修斯在远离家乡的过程中经历的艰难考验以及情感和内心的成长。

拉希莉人物的身份复杂性不仅在于流散人群地理空间的跨越，还有流散者在空间跨越后的身份之困和身份建构之旅，映照在心灵上的曲折痕迹。精神空间的建构在拉希莉笔下呈现出错综的纹路，人物故事绝不单一重复，人物心理的描摹精准。读者在千人千面的故事里似乎能找到重复的身影，但也感叹每个人物形象的独立饱满和每个冲突与遗憾的意料之外。从《疾病解说者》《不适之地》《同名人》到《低地》，拉希莉书写了多位离家者的故事，甚至我们只是沉浸在她叙述的完美故事里，就看遍了大千世界的芸芸众生，每个人物的故事都让人心动，每个结局都令人惋惜。

拉希莉故事中的印度家园在历史中经历变故，人们无家可归，在肮脏的河岸搭起棚屋，与家人分离，独自在城市讨生活。拉希莉也在一个个故事中书写了印裔移民历经辛苦努力建构自己的家园的故事。然而，尘埃落定之后，他们在美国的生活、爱情和亲情、家庭与婚姻，再次经受考验，家园遭到解构，每个人都在寻找记忆中的家。正如《奥德赛》中的故事模式，奥德修斯离开家园，接受重重考验并克服困难终究获得胜利，不畏艰难险阻最终返回家园。离家—经历困境—复返家园这种模式在作品中有多样化的呈现，不管是真正返回印度，还是在心理上与印度联结，主人公在反复波折之后总能找到支撑生活的理由，不断挖掘出一个新的自我。

家和住宅紧密相连，家宅空间的研究与人物关系紧密相连。《不适之地》描写了大量的家宅空间，以“家”意象寓指小说中人物去国离家的孤独和文化困境。在小说中，家的景观场景是人物、家庭、伦理关系的空间表征，加尔各答老家是移居者过去的家园，也是其移居后想象的家园，美国或他国租住、购买的房子是现在的实践生活之地，花园、湖泊、校园、图书馆、广场、书店、商城、餐馆等城市地理景观和人造话语的空间隐喻同样丰富；旅行地的频繁切换是“旅行人”身份归属模糊、伦理疑惑、无根困境的表现。

家宅空间不仅具有物质属性，也具有社会属性。家宅空间表征着家庭人物关系、社会关系及权力结构。《森太太》中家宅空间的描写集中在客厅和厨房，客厅的布局、空间的占用、家的装饰，反映家庭中的经济状况、情感和社会关系。森太太将厨房和与小男孩共处的客厅视为情感与认同的表达渠道。她的无根感通过家宅空间装饰寄托思乡之情。通过日复一日的切菜、做菜建立自己的家的掌控感。远离家乡的她，在美国的公共空间感受到排斥，不论是开车还是乘坐公共交通，她都无法适应繁忙拥挤的美国交通环境，也无法忍受拎着鲜鱼坐公共汽车遭受指责。脱离熟悉的环境，听从父母之命跟随丈夫来到陌生的国度，她只能通过烹煮印度菜肴确认自我的身份归属和应对情感落寞。

家园叙事背后是对社会和文化的深入探讨。拉希莉笔下的主人公同样展现出家园构建的生命历程。《疾病解说者》描述了印裔群体为了更好地生活，离开家园来到美国，他们在学业上勤奋努力，在初入美国之时生活拮据，只为获得博士学历和体面的工作。他们的故事各有不同，但都在离开家园之后，经历了求学中的孤独、爱情婚姻的种种困惑、试图融入新环境遭遇的尴尬处境以及在美国落地生根后新家园的建立。在拉希莉的《疾病解说者》中，家园书写离不开空间构建。印度加尔各答—美国波士顿始终是大多数故事绕不开的地点。家园建构通过主人公的离家经历、主人公的家园记忆、书信电话、返家旅行来一一实现。在拉希莉的故事中，印裔移民踏上新的旅途，面对新的挑战，不断建构自己的文化身份。

拉希莉在作品中呈现一个多元文化的世界，故事暗藏玄机，人物选择意味深长，从印度移居美国，这是一次家园建构的旅程，这也是拉希莉关于国家建构的探索。

《低地》的故事发生在美国和印度。低地是故事开始的地方，当雨季来临的时候，雨水从高处流向低处，低地被淹没。小说开头，一对印度兄弟步行穿过家门口的低地。低地是兄弟俩共同的童年记忆，他们在那里度过生命中最重要的时光，一起玩耍，夜晚一起穿过低地冒险进入英国人的高尔夫球场。苏巴什孤身一人到美国求学，兄弟二人仍然以书信往来。在孤单求学的日子里，苏巴什在教堂、山脚的海边、海岛边逗留，这些景色都勾起了他对家乡的思念。读完弟弟的来信，苏巴什“感觉到他们彼此之间的忠诚、他们的感情，被拉伸跨过了半个世界。被如今站在他们之间的一切拉伸到了断裂点，而同时却拒绝断裂”。[1] 在给弟弟的回信中他诉说了对家乡的思念：“当天空阴沉、云层低垂的时候，这里的海岸景观、水和草地、走上泥滩时细菌的气味，把我带回老家了。我想起了低地，稻田。”[2] 他还在信中提到了“大米草”，“它有排泄盐分的特殊腺体，因此常常覆盖着一层晶体残留。它已经在这里生长了数千年，在泥炭沉积之上。它的根系稳固了海岸。你知道它是通过散布根状茎来繁衍的吗？有点像托利岗吉曾经非常繁盛的红树林。我得告诉你”。苏巴什在罗得岛研究海洋，也研究河口特有的化学过程。他关注印度的河口沉积如何形成，寻找罗得岛一切与印度相似的痕迹。感恩节那天，所有人都回家过节了，他开车漫无目的地瞎转，在出海口附近的盐池看到了苍鹭，随即想到托利岗吉的那些白鹭，更干瘦些。苍鹭成了他在陌生地的朋友，一连几天他去往那个地方坐在车中观看苍鹭。苍鹭象征着苏巴什对印度的思念。

印度移民对家园的记忆不可避免地和印度的国家概念交织在一起。印度有着复杂的历史，殖民时期复杂的政治形势和残酷的经济环境迫使他们选择离家。殖民背景让人无法忽略，拉希莉的故事中掺杂了不少印度历史，也包括美国那段时期的移

① 裘帕·拉希莉．低地［M］．吴冰青，译．杭州：浙江文艺出版社，2019：55.
② 裘帕·拉希莉．低地［M］．吴冰青，译．杭州：浙江文艺出版社，2019：55.

民政策和政治局势，读者不难发现拉希莉切实参与印度的国家叙事。拉希莉在小说中追溯了移民背景和国家叙事的源头，让我们见证了印巴分裂、英国殖民统治、印度独立、纳萨尔巴里运动等印度历史大事件。

托尼·莫里森指出，家不单单是地理空间，更是让人不论是身体上还是精神上都感觉安全的社会空间。印巴分治下的印度陷入了持久的困境。农民运动被政府镇压，许多参与者被血腥捕杀。苏巴什的弟弟乌达安就是其中一个。在美国罗得岛求学未成之际，苏巴什就接到了弟弟去世的通知。等到他返回加尔各答，家中已经全然变了模样。弟弟在苏巴什留学时结婚了，妻子名叫高丽，两人结婚不久，弟弟乌达安因为参加革命活动被枪杀在兄弟俩曾无数次走过的低地。高丽已经怀孕，为了弟弟的妻子和孩子能好好生活下去，苏巴什与高丽成婚，带着她去往美国。就这样，高丽远渡重洋来到一个陌生的环境，投入一个陌生人的怀抱。苏巴什希望在这个新世界开创新的家园。

家园书写离不开空间构建，拉希莉的多重视角叙事，就像是多声部的圆舞曲，融入了各人的声音，每个独特的叙事视角，都展示个人独立的声音和意识，多个视角的互动带领读者深入理解这个“家”在一家人眼中的变迁，以及家园的建构解构对每个家庭成员及人生走向的深远影响。这首舞曲舒缓而忧伤，诉说着每个人的思念与哀痛。在这个家的岁月变迁中，人的一生在家的形象建构中撕扯开来，理解与误解，渴望与失望，等待与逃离，爱与哀愁，都在多层次的叙述中纵横交错，如影随形，展现了作家高超的艺术手法和审美内涵。空间书写的并置带领读者从不同视角寻找事件发生的真实情况与背后的隐情，不同人物的心理活动及事件对个体的影响。细腻而温情的叙述中，历史的脚步辗转挪移，仿佛看见那些人心深处的悸动和寂静。

第二节 性别空间与人物塑造

社会空间的建构涵盖了性别政治、种族分歧、民族文化冲突等方面。权力与政治紧密相连，在权力对抗的情境中，无论是女性在家庭中地位低下的情况、婚姻中男女之间的家庭矛盾、社会边缘群体的身份困境，还是不同种族间主流与边缘的对抗，抑或殖民统治与被统治者之间的冲突，都是社会空间建构的具体表现。不同种族、民族的宗教信仰、性别差异、价值观念以及身份认同与归属感，都是社会文化空间建构的基底。空间意象和性别书写贯穿拉希莉的小说之中。

在全球化移民浪潮中，从夫而居的印度女性命运日益引发关注。在女性跨国婚姻中，遭遇的情感隔离、身份困惑也是众多学者关注的焦点。在当前，女性权利、地位相对过去已经显著提高，但因文化差异、语言障碍以及经济无法独立带来的家庭和社会地位问题仍然明显。

拉希莉写出了众多女性的无助与哀伤，她的笔下展现了诸多移民家庭中的女性生活困境。家是一面镜子，映射出生活在其中的人。家庭的装饰、摆放的物品、花园中的植物，都在表情达意，告诉我们他们是怎样的人。家空间是移民赖以生存的起点，女性在社会空间中备受压力，但在家庭空间获得了话语权。例如《不适之地》写道："我母亲始终掌控菜园，而父亲最终也没能种上他爱的花。"家空间承载了女性对家的情感，成为女性的精神防线。在人生地疏的离家生活中，她们相互依靠。家空间里的聚会，发挥着重要作用，比如在《同名人》《年终岁末》中，聚会的食物、地下室孩子们的玩耍，家中的聚会为移民群体提供了一个新的聚集地，联结她们的情感和关系。

在《不适之地》中，露玛的家有着特殊的意义。父亲在旅行之前顺便来访，此前，父女俩因为母亲的突然离世一直存在隔阂。但父亲怀着爱护之心，在花园辛勤劳作，想要为露玛建造一个美好的家园，同时以此怀念母亲。原本花园是无人特意打理的，父亲却执意种上了好些花，甚至还有西红柿，以及母亲最钟爱的绣球花。这里也成了爷孙俩学习相处、一起玩耍并学习孟加拉语的地方。花园承载着父亲对女儿的爱、对妻子的怀念，更寄托了父亲对露玛未来生活的期望。露玛最初对父亲卖掉老房子一事非常震惊，而对于父亲收拾新家花园，她的态度也从一开始的防备，逐渐转变为理解和感恩。

在《性感》中，女主人公回忆起这样一幕：小时候，同一社区搬来的印度女邻居由于家中摆放印度神像而受到邻里歧视。《年终岁末》里卡西克的母亲对家宅家居有严苛的要求。虽然来自印度显赫家族，她却在患病后惧怕回到印度，害怕邻居亲朋对她身体的过度关注。她崇尚美国现代风格的家居生活，选用了冷硬现代派家居设计，凸显了个人自由风格。然而在她去世后，丈夫很快娶了新的印度女性为妻子，并全心全意接纳她带来的两个女孩。在父亲的新生活到来之际，卡西克仍沉湎于失去母亲的痛苦中，但父亲已然准备好奔赴新生活，似乎母亲被遗忘只是他独自品尝的滋味，无人记起。继母到来后，全方位介入了家庭的饮食起居。她更换家居用品，改变房间原本的布局。这一切变化昭示着母亲所在的那个家已经不复存在，她生活的痕迹也全然被抹去。从桌上餐盘的摆设开始，“新”替代了“旧”，然而这并非美好替代了陈旧，毫无美感的摆设以及令他陌生的改变，让卡西克首先选择了压抑自己的痛苦和愤怒。他尝试着包容每个人，也努力想要参与其中。但当他悉心藏起的母亲的照片，被继母带来的两个女孩翻腾出来时，卡西克内心生发的厌恶与愤怒再也难以抑制，瞬间喷薄而出，随之而来的痛苦、悲伤如汹涌潮水，将他彻底吞噬。由于对母亲的思念无比煎熬，卡西克最终选择离开了这所变得陌生的房子。这座家宅，是卡西克全家人在寄居在海玛家中的漫长时日里，历时数月，由父母精心挑选、设计并装饰而成的家。如今，它却被时间无情地抛弃了。

厨房是女性权力表征的空间。在《森太太》中，厨房调料和刀具是森太太过日子的手段和寄托。印度传统刀具表明她对传统的固守和印度生活方式的坚持。买活鱼、煮鱼是她作为印度人的生活仪式，尽管她的丈夫起初对此不以为意，从最开始还耐心地开车送她去海边买鱼，逐渐演变成后来不接她电话的厌烦态度，不过最终又有所改变，愿意陪同她去鱼市挑选新鲜的鱼。这一系列过程，展示出依附丈夫移民的女性在生活上的不独立状态，以及在家庭中所处的弱势地位。而象征私密和情感沟通的卧室在小说中从来不曾提及。这也反映出印度家长制婚姻在保障生活无忧前提下，毫无感情基础的速食婚姻带来的沟通障碍、情感疏离。

家宅反映了女性的社会地位。家庭不分性别，而家庭中的人有性别分工，使得空间具有男性、女性的不同意味。看似中性的家宅空间隐喻了男性和女性的不平等地位。迈克·克朗也指出，男性占用明亮的客厅，而女性屈居阴暗逼仄的厨房，意味着家庭空间的主导权掌握在男性手中。[1]

拉希莉在访谈中，拒绝被归属为女权主义者，她从不以女权作家自居。从作品来看，拉希莉一直在突破男女性别的界限，改变性别刻板印象，在她笔下，女性并不永远位于家庭边缘，男性也不绝对占据家庭中心，从女性主义哲学的角度出发，将家空间看作多样、开放、包容万象的“第三空间”。

在移民生活中，印度移民都是流居国外的“他者”[2]，女性同时又是男性家长制父权社会中的“他者”，双重身份使女性背负更多的担当和使命，移民生活里性别冲突在家庭建构中充满性别张力。

拉希莉既描述了迷惘困惑找不到归属的印裔女性，同样也刻画了遭遇学业困境、家庭隐忧、夫妻矛盾、职业低谷的男性。

---

① 迈克·克朗．文化地理学［M］．杨淑华，宋慧敏，译．南京：南京大学出版社，2005.

② 石云龙．他者·他性：库切研究［J］．外语研究，2011（2）：95–100.

在《停电时分》中，男主人公同样成为厨房的主导者，每日精心安排饭食，共享晚餐的宝贵时光是夫妻关系的聚焦时刻。在《上帝福佑我们家》中，晶晶和丈夫的生活幸福无忧，没有任何物质负担。然而，晶晶西化的生活方式、对宗教随意的态度，以及生活中的懒散奢靡，都为他们的婚姻生活埋下了隐患。新居落成，朋友前来祝贺时，忙碌准备食物招待客人的是丈夫，只顾玩乐的是晶晶；收拾残局的是丈夫，兴致勃勃带客人蜂拥至阁楼的又是晶晶。她既不在意房间被弄乱、被破坏，也不在意丈夫对基督教的态度。对于前房主留下的基督教摆件和所有物件，她充满好奇和惊喜，毫不掩饰自己的夸赞和喜爱，甚至把基督神像摆在屋外，还带领朋友探索房子里所有跟基督有关的秘密。夫妻之间毫无默契，在信仰问题上，两个人完全无法产生共鸣，继而延伸到生活中的一件件小事上。晶晶对爱情和婚姻的态度懵懂不明，像一个小女孩，只是听从父母的安排。丈夫对她一直包容、宠溺，可她对于信仰这个精神底线似乎毫无察觉，一次次挑战丈夫的耐心。物质富裕的两个人始终无法在精神上产生共鸣。

拉希莉是讲故事的高手。她从丈夫的收入、妻子的生活习惯等细枝末节入手，点点滴滴逐步铺陈，向读者展现出物质无忧的婚姻和家空间的情感。她在暗暗揭开那些一早埋藏在华丽外表下的伤疤，指向婚姻不幸的种种缘由。家庭成员的相互理解与尊重才是构建家的基石，它构成了家庭生活的精神内核。

拉希莉的作品并不聚焦于强烈的民族冲突、种族分歧，而是基于她的过往经历，在作品中悄然呈现出种族隔阂、阶级差异、文化冲突以及身份困境。然而，她并不局限于狭隘的民族主义，而是以世界主义的眼光洞察人心深处的伤痛，正视理解与沟通的困难，她超越了身份界限，渴望冲出二元对立的文化身份困境，展示立体的人物心灵和情感碰撞，于平静中见开放与包容，优雅而沉稳地接住人生中的各种困惑，并在多层次的空间书写中于细微处呈现艺术，以多元的方式治愈人们内心的创伤，构建世界主义者的精神家园。

正如云玲在《裘帕·拉希莉小说中的世界主义思想》中指出："裘帕·拉希莉本人就是个世界主义者，她的世界主义思想体现在王宁先生提到的'作为一种超越民族主义的世界主义'、'作为一种追求道德正义的世界主义'、'一种普适人文关怀的世界主义'和'作为一种四海为家，甚至处于流散状态的世界主义'。"①

拉希莉本人切实践行世界主义思想，她的生活经历也处处

① 云玲．裘帕·拉希莉小说中的世界主义思想［J］．河北广播电视大学学报，2016（3）：29-32.

彰显着世界主义的色彩。在创作上，她的作品具有普适性，始终关怀弱者，聚焦婚姻家庭、亲情伦理等主题，饱含对流散者孤独与哀伤的深切关注。

拉希莉曾在伦敦、美国、印度、罗马生活，她用实际行动实践了世界主义思想，从地理空间跨越到语言的熟练掌握和运用，构建了远离印度和美国的一个“第三空间”[①]。

拉希莉的世界观见于其作品中，世界主义意识亦见于人物塑造之中。她笔下的空间意象集中表现爱与美。正如蒋孔阳提出的人是世界的美的著名命题，作为她实践创造美的一个标识。美不是自然现象，也不是个人现象，而是在人与人的关系中所产生和创造出来的社会现象，故而作为“世界的美”，不是孤立的个人，而是处于一定社会历史关系之中的人。只有把人放在社会关系中，才能创造美，并成为“世界的美”。[②]拉希莉作品中的空间描写就像一面镜子照出了她的世界主义情怀。

在她的作品中，空间意象纷至沓来。《罗马日记》的背景地除了意大利，涉及的还有英国、中国香港地区、泰国、越南等多个国家及地区，场景包括校园、图书馆、教学大楼、餐厅、

---

① 爱德华·W. 索亚. 第三空间：去往洛杉矶和其他真实和想象地方的旅程［M］. 陆扬，等译. 上海：上海教育出版社，2005.

② 蒋孔阳. 论人是“世界的美”［J］. 学术月刊，1986（12）：37–42.

广场、街区、历史建筑、海岸、城市或高山峡谷。在《低地》的开篇，拉希莉还描述了英国在印度殖民地的景观。从加尔各答低地的家，到美国海边的陋屋，校园周边的公寓，到海面延伸至远方的桥梁，从机场到高山海岸到世界各地，拉希莉从不画地为牢，从物理空间的具象到想象空间的无限延伸。尽管她是印裔移民，但对移居者的爱绝不局限于民族或种族。

在《疾病解说者》中，她通过讲述跨越文化和地域的故事，展现了人物在身份认同、家庭纽带与异国生活之间的微妙平衡与挣扎，这些角色如同文化的桥梁，联结着不同的世界，体现了世界主义者的包容与开放。

随后的长篇小说《同名人》，更是把这一主题的探讨推进到了更深的层面。书中的主人公，以其与父辈同名的特殊身份，承载着家族的历史与期望，在美国的土地上寻找着自我与归属。主人公的故事，是无数移民后代共鸣的缩影，展现了在世界主义背景下，个人如何在传统与现代、故土与他乡之间寻找自己的位置，以及这种寻找过程中的喜悦与痛楚。

《不适之地》则是一部关于流离失所与寻找归宿的深刻作品。拉希莉以其敏锐的视角，捕捉了那些因战争、政治动荡或个人选择而漂泊异乡的人内心的挣扎与渴望。这些角色，虽然身处“不适之地”，却以坚韧的意志，努力在陌生环境中寻找属于自己的家，他们的经历是对世界主义者坚韧精神的颂歌。在《不适之地》中，海玛和卡西克成年后的再次相遇发生在罗马。罗马和加尔各答一样，有着悠久的历史文化。在《离船上岸》中，这座城市的异域魅力尽情绽放：浪漫喧嚣的街道、风景惬意的餐厅、闲适热闹的人群、宏伟的历史建筑……一切都让人心醉。

在《低地》中，拉希莉进一步拓展了世界主义者的群像，通过描绘一个家族几代人的命运，探讨了爱与背叛、忠诚与牺牲的复杂情感，以及展现了这些情感是如何在全球化的浪潮中被重塑的。书中的人物，无论是坚守故土还是远走他乡，都以各自的方式诠释世界主义的精神，即超越国界，追求更广阔的视野和更深层次的理解。

而《罗马日记》则是一次对世界主义生活的细腻描绘。拉希莉的最新作品《罗马日记》以意大利罗马作为新的故事背景地，也是作为移居者在罗马的新生活日记。通过主人公在罗马的生活片段，拉希莉展现了城市作为文化交汇点的独特魅力，以及个人在这一交汇点上的思考、成长与变化。书中的罗马，不仅是地理上的坐标，更是心灵的栖息地，让每一位读者都能感受到世界主义生活的多彩与深邃。

从《疾病解说者》到《同名人》《低地》《不适之地》，再到《罗马日记》，拉希莉以其独特的文学视角和深邃的情感洞察，塑造了一系列生动、立体的世界主义者形象。这些角色，无论是在文化的碰撞中寻求融合，还是在异国他乡寻找自我，都以他们的故事，诠释了世界主义的核心价值——开放、包容、理解与共情，激励着每一位读者在全球化的今天，更加勇敢地跨越边界，拥抱多元。

拉希莉塑造了许多在各国游走的人物形象，他们来自不同国家民族。《别管闲事》中的桑经常飞往伦敦见家人，还与来自埃及的法劳克相恋；《地狱—天堂》中的普叔叔爱上了美国女孩并结婚生子，以及海玛和卡西克成年后在世界多地生活，海玛多次去往欧洲，尤其是意大利。卡西克不仅走遍世界诸多地方，还深入战火中的国家担任战地记者，目睹了许多战争惨状和死亡场景。最终，卡西克在泰国的海中不幸溺亡；《性感》中描写了美国女孩爱上了已婚印度男子；在《同名人》中，果戈理作为第二代移民始终无法接受既不像美国人又不像印度人的俄国名字，多年对父母的意愿不理解，直到父亲突然病逝，他对自己的印裔身份才开始重新审视，最终回归了家庭，在美国教育和生活方式带来的双重身份困惑挣扎中找到了归属；在《同名人》中，毛舒米对印度身份选择彻底抛弃，背叛了婚姻；在《不适之地》中，露玛和父亲多年的隔阂最终化解。

《疾病解说者》中的卡帕西先生，身兼疾病翻译员与导游双重身份。他热爱语言学习，梦想成为一名专业译者，然而现实生活却未能给他提供发挥才干的空间，生活拮据，儿子还疾病在身。在养家的责任和对梦想的坚持双重驱使下，他成为诊所的“翻译员”，作为医生与病人语言沟通的桥梁。在某种程度上，他实现了他译者的梦想。尽管收入微薄，他的内心仍充满自豪。这是作为语言层面译者，进行语言的跨越交流的世界性倾向所体现出的世界主义观念。同时，身为导游的卡帕西，在工作中也尽职尽责，热情服务。面对移民美国的达斯一家，他不仅提供了导游服务，还做了文化翻译工作，成为印度文化的传播者，向西方世界诠释印度的古老文化。从这一层面来讲，卡帕西堪称文化译者，也是一位真正的世界主义者。他不仅是生活中具体疾病的语言译者，更是在艰辛的生活中始终充满希望的乐观者。对达斯夫人我行我素、以自我为中心、漫不经心的西方人做派和背弃家庭出轨的离谱做法，他感到不可思议，由此对达斯夫人由最初的欣赏和好感转而痛恶。他深谙“精神空虚”这一人类暗疾的可怕，译与不可译，疾病可以被解说，又无可解说。《疾病解说者》一语双关，体现了作者对人间疾苦的深切同情。抛开民族、种族因素，人类精神世界其实暗疾丛生，伤痛时时被揭开。拉希莉对底层生活者理想主义的深切关怀和对世界主义理想世界的向往在书中层层铺开。

《低地》中的苏巴什同样践行了世界主义理念。与弟弟乌达安不同，苏巴什从未参与暴力革命，一心向往到美国求学，后乌达安被枪毙，苏巴什为了弟弟生命的延续，以及他所受教育不能容忍父母冷漠对待没有任何过错的弟媳高丽，选择了与高丽结婚，并远走美国，给予她和孩子新的生活。尽管他不是一个激进的革命者，也没有勇敢参与社会运动中保护民众的权益，但他在弟弟逝世之后的尽力承担展现出了莫大的决心和勇气。而在《比比的婚事》和《守门人》中，拉希莉同样将目光投向社会底层人民，对他们展现出深切的关心与同情，深刻洞察小人物生活中的伤痛。这些作品无一不体现出拉希莉的世界主义情怀。

在拉希莉的作品中，印度妻子们经媒妁之言仓促步入婚姻殿堂，随后漂洋过海来到陌生国度，在不适之地扎下根来。她们把一生都奉献给了丈夫和家庭，默默品尝着孤单，从饮食烹饪中寄托思乡之情，在群体聚会中寻找归属感。她们为家庭牺牲了自我，成了家宅的一部分，厨房、客厅、花园，都有她们忙碌的身影。辛苦、孤单，作为边缘人的社会身份，再加上丈夫的忽视，为她们的异国生活添上了一层忧伤的面纱。拉希莉尤为关注这些女性，她们因婚姻失去父母的庇护，因生育、养育孩子错失建立事业的机会，又因丈夫工作需要的搬迁失去难得的朋友。子女成年后，往往更加青睐美国文化，回避父母遗留给她们的本来身份，这种身份困惑引发了一系列成长问题，这些无不在拉希莉笔下生动呈现，如同一幅画卷徐徐展开，体现出她对女性命运的关怀和温情。同时，在多部小说中，拉希莉也塑造出另一类女性形象，她们坚强果断，与命运顽强抗争，冲破父权制的束缚，勇敢迈出自我实现的步伐。她们走出印度，热爱读书，她们学识丰厚，见识广阔，视野不俗。她们敢于开启新的人生，打造自己的事业，走向更宽广的舞台，展现出非凡的魅力。

《低地》中的苏巴什经历了求学波折，最终拿到博士学位，获得大学教师职位。他拥有像大海一样广阔的胸襟，仿佛宿命般，他从事了一直热爱的海洋研究工作。他承受了高丽对他的排斥，独立料理女儿贝拉的生活。在高丽抛弃他们的家后，他独自承受了贝拉的怨怼和发泄。他为了贝拉独自一人生活多年。苏巴什足够包容，为这个家做出很多牺牲，而高丽的选择更加西方个人主义，自私且无情。拉希莉没有直接批判高丽对自己幸福自由的追求，因为她同样是受害者，被迫选择与不爱的人结婚，忘不了过去，她奋不顾身追求自己经济和精神的独立。唯一的遗憾是，她对女儿贝拉的冷漠带来不可弥补的伤害。小说最后，贝拉对高丽完全漠视，她的态度是对高丽抛弃责任的痛击。苏巴什最终和他爱的人漫步在高山海岸，目光所及是大海的滔滔浪花，山谷与丛林。可以说，苏巴什以一个世界主义者的形象最终收获了属于他的幸福。

奎迈·安东尼·阿皮亚在《世界主义：陌生人世界的道德规范》中指出，“如果一个人放弃了对自己家庭、亲人、社区和国家的关心，那么他就不是一个世界主义者”“世界主义者共同接受的一个思想是，任何区域性忠诚，都不能迫使人们忘记，每个人对别人还负有一份责任”。①

王宁指出，世界主义的内涵是，所有人类种族群体，不管其政治隶属如何，都属于某个大的单一社群，他们彼此分享一种基本的跨越民族和国家界限的共同伦理道德和权利义务。②拉希莉的作品真正超越了狭隘的民族主义，对父权制、殖民主义、印度种姓制度的深刻批判，对女性追求自由幸福的肯定，对底层民众的关怀，都展示了拉希莉作为一位读者喜爱的作家的世界主义理想情怀。

拉希莉在小说中塑造了一系列典型的空间意象，在地域书写之外，空间被视为静止的，空间是孤立存在的，是一个空洞

---

① 奎迈·安东尼·阿皮亚．世界主义：陌生人世界的道德规范［M］．北京：中央编译出版社，2012.

② 王宁．西方文论关键词世界主义［J］．外国文学，2014（1）：96-105，159.

的容器。菲利普·韦格纳说，“空间是一个空荡荡的容器，其内部了无趣味，里面上演着历史与人类情欲的真实戏剧”。[①] 生活常常是无法理解的，有时候，我们唯一可以坚守的是忍耐的能力，正如美国国家公共电台所言，而在这样的生活旅途中，忠诚与背叛、谎言与宽恕、孝道与遗弃，这些复杂的情感与选择交织在一起，构成了我们寻找自己道路过程中的种种牺牲与抉择；《俄勒冈人报》如此评价拉希莉的小说：拉希莉以她惊人敏锐的洞察力，精细入微地刻画了这些情感纠葛，令人伤感又引人深思；彭博新闻社也赞叹道：她仿佛用一双惊人敏锐的耳朵，倾听着我们最亲密关系中特有的紧张和误会，将这一切美妙地锻造进她的作品中。

① 郭辉．文学空间论域下的文学理论之生成［J］．学术论坛，2012（7）：135.

第五章

文学空间的建构

巴尔扎克说，一位作家想要成为一个艺术家，应当研究艺术产生社会效果的多种原因，把握住众多的人物、激情和事件的内在意义。[①] 谢有顺在《成为小说家》中写道，“一个好作家，往往不是那种动不动胸怀世界的，而是由很小的开口进去后再写出来的作家”，[②] 拉希莉恰如其是。

地理史与空间理论在当代文学中扮演着举足轻重的角色，它们不仅为文学作品提供了丰富的背景与深度，还深刻地影响

① 巴尔扎克．人间喜剧·前言［M］// 巴尔扎克全集：第 1 卷．丁世中译．北京：人民文学出版社，1984：8.

② 谢有顺．成为小说家［M］．太原：北岳文艺出版社，2018.

着文学的创作与解读。在这一背景下，性属与阶级不再仅仅是简单地、被动地映射地理学过程的社会标签，而是成了文学作品中活跃的元素，与地理空间相互交织，共同塑造着复杂的文学世界。裘帕·拉希莉作为一位深谙此道的作家，她的空间书写正是这一理念的生动体现。

在裘帕·拉希莉的小说中，地理空间不仅是故事发生的背景，更是推动情节发展、揭示人物内心世界和构建深层社会关系的重要载体。她巧妙地运用地理史的知识，将人物置于特定的历史地域背景之中，使他们的行为、思想和命运都与所处的空间紧密相连。这种空间书写不仅增强了作品的历史感和真实感，还使读者能够更深入地理解人物所处的社会环境和文化语境。

裘帕·拉希莉在小说中对于文化空间的实践和文化身份的探寻也给予了高度关注。她通过描绘印裔移民群体在空间中的迷失与转变，探讨了现代化社会中人与空间的辩证关系。同时，她也通过对其笔下人物在更为开放的空间思维之下重塑自我的展现，批判了传统的思维模式，从而揭示了在跨文化交际中人们应遵守的普遍理念。这种对于文化空间的实践和文化身份的探寻不仅丰富了小说的内涵，也深刻地反映了全球化背景下社会空间中人际关系的复杂性和多样性。拉希莉的空间书写结合了她超凡的叙事艺术，带给读者新的体验。

这种融合不仅体现在故事内容和主题上，还体现在叙事手法和语言风格上。在故事内容方面，拉希莉将印度文化的元素融入美国的生活场景中，使故事既具有异域风情又贴近读者的生活实际。她通过描绘印度节日、习俗、食物等文化符号，展现了印度文化的独特魅力和深厚底蕴。同时，她又将这些文化符号与美国的生活场景相结合，使故事更加具有跨文化的特色和包容性。

在主题方面，拉希莉通过日常生活叙事探讨了文化冲突、身份认同等深刻主题。她通过描绘人物在跨文化语境下的内心挣扎和成长经历，揭示了文化差异对个体命运的影响以及人性在面对挑战时的坚韧与脆弱。这种对主题的深刻探讨使拉希莉的作品不仅具有文学价值，还具有社会学和人类学的研究价值。

在叙事手法方面，拉希莉采用了有限叙述视角与多角度叙事相结合的方式，使作品更加贴近人物的内心世界和日常生活细节。她通过细腻的心理描写和对话场景，展现了人物的情感和思想变化，增强了故事的真实感和代入感。同时，她又巧妙地运用了时间交错和空间转换等叙事手法，使故事更加具有张力和悬念。

在语言风格方面，拉希莉的语言简洁明了，又不失细腻和深邃。她善于运用比喻、象征等修辞手法来增强语言的表现力和感染力。同时，她又注重语言的节奏和韵律感，使作品读起来朗朗上口，富有音乐美。这种语言风格的运用不仅使得拉希莉的作品更加易于阅读和理解，也增强了其艺术魅力和思想深度。

第一节　日常生活的叙事艺术

20 世纪以来，日常生活作为一个文学概念日益引起哲学家和社会学家的兴趣。列斐伏尔指出，日常生活像语言一样，包括了人之存在的表现形式和深层结构，它既是个体的，也是集体的和社会的，因而对个体具有强大的规定性和强制性。[①] 日常生活是人类生存的基础，它既是琐碎的、重复的，又蕴含着深刻的社会意义和人性光辉；既是平庸的，又是神奇的，具有永恒的轮回性与瞬间的超越性。

① 列斐伏尔．日常生活批判：第三卷［M］．叶齐茂，倪晓辉，译．北京：社会科学文献出版社，2018：548–597.

作为跨世纪的文学家，拉希莉擅长从日常生活描写中呈现故事的多层面意义。裘帕·拉希莉以深刻的洞察力展现了移民群体在日常生活中的挣扎与超越。她的作品通过对日常琐事的描写，揭示了文化冲突、身份认同、家庭关系等宏大主题，赋予日常生活以深刻的意义。她的作品始终围绕移民群体的生活展开，从短篇小说集《疾病解说者》到长篇小说《同名人》《低地》，她通过描写移民的日常生活，探讨了文化冲突、身份认同、家庭关系等主题。她的叙事风格细腻而克制，善于捕捉人物内心的微妙变化，展现了日常生活中的情感深度和复杂性。

拉希莉的小说主要讲述美国印裔移民的生活内容，主要呈现了人际关系的不如意，如《疾病解说者》中的夫妻关系，《同名人》中的父母子女关系，《低地》中交错的亲情、爱情关系等。

大量短篇故事在内容和叙述方式上呈现出很大差异，但人们日常生活中的小事件依然是作家们普遍关注的题材。在信息瞬变的时代，短篇故事能够满足读者迅速读完的愿望，使其顷刻间进入一个虚构的世界，学习和体验他人的生活经验，感受陌生世界里人们生活的琐碎、无奈、失望，甚至破灭。《疾病解说者》和《不适之地》便是短篇故事集，拉希莉聚焦于个人生活中的片段，通过日常生活描写讲述特定时刻的生活经验，揭示生活中的某些普遍现象或意义，这体现出了拉希莉精湛的讲故事的艺术。

拉希莉从第一部短篇故事集出版即获得了评论界的好评和读者的喜爱。原因之一在于拉希莉小说主题的多义性。故事题材对于小说艺术至关重要，良好的题材来自作者对生活的直接感受和观察，而对于题材的处理方式是否到位则直接影响能否将生活感受准确传递给读者。从拉希莉自《疾病解说者》出版的小说可以看出，家庭生活在她作品中占据重要位置。“选取家庭生活片段，采用不同人物视角，展示个人对家的渴望与失望，这是拉希莉作品中的重要主题。”王丽亚评价道，“家庭在她的作品中既是与个人现实生活密切相关的社会单元，也是心理层面的归属感，还是文化身份的迷茫感。也正是这种围绕家庭生活展开的多层意义描述，使她的作品在不同读者群中赢得了喜爱与关注”。[①]

家庭是个人现实生活的核心社会单元。拉希莉通过对日常生活的描写展现家庭内部的复杂关系和文化冲突。在《同名人》中，拉希莉通过果戈理一家的生活，描绘了印度移民家庭在美国的生存状态。从厨房里的烹饪场景到餐桌上的对话，这些细节不仅展现了家庭成员之间的互动，也反映了文化差异对家庭

① 王丽亚．讲故事的艺术：朱帕·拉西里及其《疾病讲解员》[J]．外国文学，2013（2）：3–10，157.

关系的影响。

家庭生活是移民群体在异国他乡构建归属感的重要载体，家庭空间在拉希莉的作品中承载着丰富的情感。小说《低地》中的低地不仅是地理空间，也是家庭记忆与情感的象征。低地是乌达安和高丽童年时代玩耍的地方，也是他们家庭悲剧的发生地。低地的描写展现了家庭记忆与情感的复杂性。低地不仅是地理空间，更是家庭情感的象征。它承载着家庭的欢乐与悲伤，也象征着移民群体在文化冲突中的挣扎与适应。在《疾病解说者》中，达斯夫妇的家庭生活展现了移民家庭在文化冲突中的困境。达斯夫人向导游卡帕西倾诉自己的秘密，揭示了家庭内部的情感隔阂与孤独感。在《同名人》中，果戈理的家庭生活则体现了代与代之间的文化冲突。果戈理的父亲艾修克通过命名行为将俄国文学的传统引入家庭，而果戈理则在成长过程中逐渐疏离这种文化纽带，最终选择改名以摆脱身份困惑。《低地》中的苏巴什和高丽通过重组家庭试图弥合革命带来的创伤，但高丽始终无法摆脱对乌达安的怀念，最终选择离开家庭，独自生活。这些故事表明，家庭生活不仅是移民群体在异国他乡的避风港，也是文化冲突和情感隔阂的集中体现。

家庭在拉希莉的作品中不仅是现实生活的单元，更是心理归属的象征。在《不适之地》中，露拉在母亲去世后与父亲的关系逐渐疏远，这种疏远不仅反映了父女之间的情感隔阂，也暗示了露拉与故土文化的距离。在《海玛和卡西克》中，海玛对卡西克的依恋源于对完整家庭的渴望，而卡西克则在母亲去世后试图通过海玛重建对“家”的记忆。然而，这种心理归属的尝试以失败告终，揭示了家庭在心理层面的复杂性与脆弱性。《第三块大陆，最后的家园》中的主人公通过婚姻和家庭生活逐渐适应了美国的生活节奏，但内心深处仍保留着对故土的怀念。这种心理归属的双重性，使家庭成为移民群体在异国他乡的情感寄托。家庭作为心理归属，反映移民群体渴望与失望的交织。

家庭生活不仅是现实和心理的归属，更是文化身份的象征。《疾病解说者》中的达斯夫妇通过回印度探亲试图重建与故土文化的联系，但这种联系在现实生活的冲击下逐渐瓦解。这种文化身份的迷惘感使家庭成为移民群体在文化冲突中的缓冲地带。

家庭关系与代际隔阂是拉希莉作品中另一个重要的主题。在《低地》中，乌达安的革命理想与苏巴什的务实态度形成了鲜明对比，这种对比不仅反映了兄弟之间的文化冲突，也揭示了移民群体在文化身份上的迷惘感。乌达安的突然死亡带给高丽巨大创伤，即使后来与哥哥苏巴什成婚，多年后她内心仍旧痛苦不安。这种复杂的家庭关系展现了移民群体在文化冲突中的挣扎。乌达安的死亡不仅是一个家庭的悲剧，也是整个移民社区的缩影。他的死亡让高丽和苏巴什的婚姻陷入了沉默与疏离，而这种沉默与疏离正是移民群体在文化冲突中的心理状态的真实写照。拉希莉通过对家庭关系的细腻描写，展现了移民群体在文化冲突中的心理困境。他们不仅要面对外部的文化冲突，还要处理家庭内部的代际隔阂。这种双重压力让他们的日常生活充满了矛盾与挣扎。拉希莉还通过家庭生活中的矛盾与和解，探讨了归属感的建构过程。在《低地》中，高丽和苏巴什的婚姻不仅是对乌达安悲剧的回应，也是对家庭责任的重新定义。高丽最终选择离开，反映了她在家庭与自我之间的心理挣扎。

女性角色和她们的日常生活在拉希莉的作品中占据了很大份额。她们往往承担着维系家庭与文化的重任。例如，在《柏哲达先生来搭伙》中，女性通过烹饪和家务展现了她们对家庭的热爱与责任感。她们不仅是家庭的核心，也是文化传承的重要载体。通过日常生活中的仪式和传统，她们将印度文化传递给下一代。在拉希莉的笔下，女性的日常生活充满了仪式感。她们通过烹饪、清洁、照顾家人等方式，维系着家庭的稳定与和谐。这种对日常生活的细致描写，不仅展现了女性的智慧与坚韧，也揭示了她们在文化传承中的重要作用。

拉希莉的叙事手法尤其体现在她对细节的关注上。在《疾病解说者》中，她通过食物、服饰和节日庆典等日常元素，刻画了印度移民家庭的文化传统。这些细节不仅丰富了故事的情感层次，也使读者能够更深入地理解角色的内心世界。食物在拉希莉的作品中具有重要的象征意义。通过食物，移民者得以在陌生的土地上找到一丝熟悉的慰藉。食物成为联结过去与现在、家乡与异乡的纽带。在拉希莉的笔下，食物不仅是填饱肚子的工具，更是一种文化符号。它承载着移民者对家乡的思念，也象征着他们在新文化中的适应与挣扎。通过对食物的细致描写，拉希莉揭示了移民群体在文化冲突中的心理状态。她通过描写一个印度移民妻子的烹饪技艺和对美食的热爱，展现了其对家乡的怀念和对文化传统的珍视。这些看似平凡的细节，实际上承载着深刻的情感与文化意义。在她的笔下，烹饪不仅是一种日常活动，更是一种文化传承和情感表达的方式。这种对日常生活的细腻刻画，不仅让读者感受到移民群体的生活状态，也揭示了他们在文化冲突中的挣扎与适应。

裘帕·拉希莉的故事往往涉及文化冲突、身份认同等深刻主题。比如她的成名作《疾病解说者》被媒体及评论家认为是一部能够触动人心的佳作，作品通过讲述一个印度移民家庭在美国的生活经历，成功地探讨了身份认同、文化冲突等主题，展现了拉希莉对人性和社会的深刻洞察。故事集讲述不同文化背景下人物的故事，展现了人类共同面临的困境和挑战，也揭示了文化差异对个体命运的影响。同时，裘帕·拉希莉的叙事不可避免与自己的经历有关，作为印裔后代，她的书写充满跨文化特色，描写印度文化与美国文化的碰撞和融合，展现了人性的共性与差异。这种跨文化视角使得她的作品具有更广泛的共鸣和更深刻的社会意义。

在拉希莉的作品中，移民者往往身处两种文化的夹缝中，他们的日常生活充满了文化冲突与身份认同的困惑。例如，在《同名人》中，主人公果戈理因为名字的独特性而感到格格不入，最终选择改名以融入美国社会。这种对身份认同的探索，反映了移民群体在日常生活中的心理困境。果戈理的名字来源于俄国作家果戈理，这个名字在印度文化中显得格格不入，而在美国社会中更是引发了无数的误解和尴尬。果戈理的名字不仅是他个人身份的象征，也是印度文化与美国文化碰撞的缩影。拉希莉通过这一细节，揭示了移民后代在文化认同上的迷惘。通过果戈理的经历，拉希莉揭示了移民群体在文化冲突中的身份焦虑。他们既无法完全融入新的文化，又逐渐远离了自己的文化根源，这种双重身份的困境在他们的日常生活中表现得尤为明显。她的作品不仅揭示了移民家庭在异国他乡的生存状态，也探讨了个体在文化冲突中的心理挣扎和身份认同。正是这种围绕家庭生活展开的多层意义描述，使得拉希莉的作品在不同读者群中赢得了广泛的喜爱与关注。她的叙事艺术不仅丰富了移民文学的内涵，也为当代文学提供了新的视角和思考空间。

拉希莉的作品通过对日常生活的细腻描写，展现了移民群体的文化冲突、身份认同与家庭关系。拉希莉通过她的叙事艺术，让我们在平凡中看到了永恒的光辉。她的作品不仅展现了移民群体的生活状态，也揭示了他们在文化冲突中的心理困境。通过对日常生活的细致描写，拉希莉赋予了日常生活以深刻的意义，让我们在平凡中看到了伟大与丰富，她成功地将家庭生活转化为文学艺术的载体，为读者提供了深刻的思考与共鸣。她的作品不仅是对移民生活的真实写照，也是对人性与文化的深刻探索。

在当代文坛，拉希莉的作品以其独特的叙事风格和深刻的主题探索而独树一帜。她的作品不仅展现了印度文化与美国文化的碰撞和融合，还揭示了人性在跨文化语境下的共性与差异。这种跨文化的视角和主题探索使拉希莉的作品具有更广泛的共鸣和更深刻的社会意义。

同时，拉希莉的作品也对当代文学的创作和研究产生了积极影响。她的日常生活叙事艺术为当代文学创作提供了新的思路和方向。她的有限叙述视角与多角度叙事相结合的方式、时间交错和空间转换等叙事手法以及简洁明了又不失细腻深邃的语言风格都为当代文学创作提供了有益的借鉴和启示。

此外，拉希莉的作品还具有深刻的文化价值。她通过描绘印度移民家庭在美国的生活经历，展现了印度文化的独特魅力和深厚底蕴。同时，她又将这些文化符号与美国的生活场景相结合，使得作品更加具有跨文化的特色和包容性。这种对文化的传承和创新不仅使得拉希莉的作品具有文学价值，还具有文化学和人类学的研究价值。

裘帕·拉希莉的日常生活叙事艺术以其独特的叙事风格、深刻的主题探索、跨文化的视角以及丰富的文化价值而独树一帜。她的作品不仅为当代文学创作提供了新的思路和方向，还对文化传承和创新产生了积极影响。在未来的文学发展中，拉希莉的作品将继续发挥其独特的魅力和价值，为当代文坛注入新的活力和动力。

第二节　空间与时间的叙事艺术

迈克·克朗认为，文学作品中的空间是文学与地理景观的结合，空间不仅是对地理景观的描绘与反映，同时也是地理意义、地理知识以及人物地理经历的综合呈现。[①] 拉希莉的小说围绕空间置换安排叙事，借助空间意象表达主题，讲述了在不同社会空间和家庭空间中的身份认同危机和文化困境，揭示了伦理身份的困惑和焦虑。在多部小说中，她围绕空间置换安排叙事，借助空间意象表达主题，讲述了在不同社会空间和家庭空间中的身份认同危机与文化困境，揭示了伦理身份的困惑和焦虑。

拉希莉从第一部短篇故事集《疾病解说者》出版即获得了评论界的好评和读者的喜爱，其中的原因，除了她精湛的叙事技巧，更在于她小说主题的多义性以及对空间叙事和时间循环的巧妙运用。

拉希莉的小说主要讲述美国印裔移民的生活内容，她以细

---

① 迈克·克朗．文化地理学［M］．杨淑华，宋慧敏，译．南京：南京大学出版社，2005.

腻的笔触描绘了这些移民在异国他乡的生活琐碎与内心挣扎。在她的作品中，家庭生活在叙事中占据了举足轻重的地位。《疾病解说者》中的夫妻关系，是拉希莉对移民家庭中情感疏离与沟通障碍的深刻剖析。丈夫与妻子之间，由于文化差异、语言障碍以及生活压力，产生了难以逾越的鸿沟。这种夫妻关系的不如意，不仅体现了移民家庭中的内在矛盾，也映射了更广泛的文化冲突与身份认同问题。

而在《同名人》中，拉希莉则将笔触转向了父母子女关系。小说中的主人公，作为第二代移民，承载着父母对故国的思念与期望，同时也面临着在新国度中寻找自我身份的挑战。父母与子女之间的代沟，不仅是年龄和观念的差异，更是两种文化、两种生活方式之间的碰撞与融合。拉希莉通过这一家庭关系的描绘，展现了移民家庭中代际传承的复杂性与艰难性。

《低地》则是拉希莉对亲情、爱情关系交错的深度探索。在这部小说中，家庭成了情感纠葛与命运交织的舞台。兄弟姐妹之间的爱恨情仇，父母与子女之间的期望和失望，以及跨越时空的爱情追求，共同编织了一幅错综复杂的家庭画卷。拉希莉以细腻的笔触，揭示了家庭关系中那些看似微不足道却又至关重要的细节，让读者在感同身受中体会到了人性的复杂与多变。

不涉及空间的文学作品是不存在的。拉希莉的写作不可避免涉及历时性叙事和空间叙事。她对文本的空间叙事技巧同样值得回味。拉希莉小说的成功，不仅在于她对家庭生活的深刻描绘，更在于她对叙事形式的创新运用。

在《低地》中，拉希莉采用了并置的空间叙事手法。在《低地》中，拉希莉通过主人公在加尔各答与罗得岛两个截然不同文化背景下的生活经历与内心挣扎，细腻地描绘了文化身份认同的复杂性与流动性。小说以加尔各答和罗得岛两个地理空间为背景，通过主人公在这两个空间之间的困惑与抉择，展现了他在文化身份与伦理身份上的困惑和焦虑。《低地》中的空间分为加尔各答和罗得岛，拉希莉对两个城市空间都进行了整体性描绘与具体描写。加尔各答，作为主人公的故土，承载着深厚的家族历史与文化传统，那里的每一条街道、每一座庙宇都镌刻着过去的记忆，影响着主人公的价值观与行为方式。而罗得岛，则是主人公新生活的起点，一个充满现代气息与多元文化交融的地方，这里的生活节奏、社交习俗乃至思维方式都与加尔各答截然不同。

在《低地》中，拉希莉通过并置的空间叙事手法，将印度和美国两个地理空间巧妙地并置在一起，这种并置不仅是地理上的，更是文化和心理上的。她通过细腻的笔触，展现了移民群体在这两个截然不同空间中的心理困境和身份认同的复杂性。

小说中的低地，既是一个具体的地理空间，也是家庭记忆与情感的象征。它承载着家庭的欢乐与悲伤，见证了移民群体在文化冲突中的挣扎与适应。拉希莉通过对低地的深入描写，展现了家庭记忆与情感的复杂性，使读者能够深刻感受到移民群体在跨文化生活中的内心纠葛。加尔各答，作为主人公的故乡，承载着他对过去的记忆与对家族的责任感；而罗得岛，则是他追求新生活、实现自我价值的舞台。这两个空间的并置，不仅形成了鲜明的对比，也揭示了主人公在身份认同上的挣扎与矛盾。

在这两个空间之间的切换，不仅是地理上的迁移，更是心灵与身份的深刻探索。主人公在罗得岛的生活，让他逐渐接触并尝试融入另一种文化体系，这个过程充满了挑战与不适，但也激发了他对自我身份的新认识。他开始意识到，文化身份并非固定不变，而是在与不同文化的碰撞和交融中不断塑形与重塑。

除了并置的空间叙事手法，拉希莉还采用了拼贴等空间叙事技巧。在她的小说中，常常可以看到不同时间、不同地点的片段被巧妙地拼接在一起，形成了一种独特的叙事结构。这种叙事方式，不仅打破了传统线性叙事的束缚，也让读者在阅读过程中获得了更加广阔的视野和无比丰富的阅读体验。小说中的时间并不是一条单向流动的河流，而是一个循环往复的过程。她通过回忆叙事、插入拼贴叙事等方式，打破了线性叙事的时间界限，将过去、现在、未来并置在一起，形成了独特的时间循环叙事风格。

值得一提的是，拉希莉在小说中的空间叙事并不是孤立存在的，而是与时间叙事紧密相连、相互交织的。她通过空间与时间的交织和融合，构建了一个既真实又虚构的叙事世界。在这个世界里，人物在空间中的移动与变迁，往往伴随着时间的流逝与变化；而时间的循环与往复，也往往影响着人物在空间中的选择与抉择。

以《低地》为例，小说中的时间并不是按照传统的线性顺序来展开的。拉希莉从苏巴什、高丽、比卓利、贝拉各自的视角叙述一家人眼中的生活，通过回忆与现实的交织，展现了家庭历史的复杂性与多层次性。苏巴什的回忆，带我们回到了他童年时期的加尔各答，感受到了他对故乡的深深眷恋与对家族的责任感；高丽的叙述，则让我们看到了她在罗得岛的新生活以及她对未来的憧憬与追求；比卓利和贝拉的故事，则是家庭历史中不可或缺的一部分，他们与苏巴什、高丽的叙述相互交织，共同构成了小说的完整叙事。

拉希莉的这种时间循环叙事风格，不仅增强了小说的叙事张力与表现力，也让读者在阅读过程中获得了更加深刻的情感体验。读者仿佛被带入了一个时间的旋涡之中，随着人物的回忆与现实之间的穿梭和跳跃，感受到了时间的无常与生命的脆弱。这种对时间的独特处理方式，也让拉希莉的小说在叙事上呈现出了一种更加开放与多元的姿态。

时间的流逝在这个过程中起到了至关重要的作用。随着年岁的增长，《低地》中的苏巴什对过去与现在的理解逐渐深化，对家族历史的追溯与对个人未来的憧憬交织在一起，形成了一条跨越时空的情感纽带。他开始在记忆中寻找那些能够联结两个世界的片段，无论是加尔各答的热闹市集，还是罗得岛的宁静海岸，都成了他内心世界中不可或缺的一部分。

不同时间和空间的片段拼贴在一起的叙事方式打破了传统线性叙事的框架，使小说的时间和空间变得更加灵活多变。拉希莉从苏巴什、高丽、比卓利、贝拉各自的视角叙述一家人眼中的生活，打破了线性叙事的时间界限，并置了各人关于家庭生活的种种过去、现在、未来，通过回忆叙事，插入拼贴叙事，把现实与回忆交织在一起。这可以看成拉希莉进行的别具一格的空间实践。小说中的苏巴什和高丽的童年记忆与他们在美国的现实生活形成了鲜明的对比。通过对这些片段的拼贴，拉希莉不仅展现了移民群体的历史记忆和文化传承的断裂与延续，还揭示了他们在文化冲突中的心理困境和身份认同的复杂性。这种拼贴的叙事手法不仅增强了小说的艺术表现力，也使得小说的主题内涵更加深邃。拉希莉巧妙地利用空间与时间的交织，展现了主人公在跨文化背景下的内心冲突与和解，即既渴望保留自己的文化根脉，又渴望在新环境中找到归属感。这种矛盾与挣扎，通过主人公在不同空间中的行为选择、情感变化以及与他人的关系互动得以生动呈现。

《低地》不仅是一部关于个人成长与身份探索的小说，更是一部深刻反映全球化背景下文化交融与碰撞的文学作品。拉希莉以敏锐的洞察力揭示了文化差异对个体命运的深远影响，同时也传递了一种跨文化的理解与共情，让读者在阅读中感受到了不同文化之间的独特魅力与共同人性。

除了时间循环叙事，拉希莉还对城市空间进行了深入的描绘与探索。城市空间不仅是人物活动的背景与舞台，更是与人物情感、身份认同等紧密联系在一起的重要元素。

在《低地》中，拉希莉对加尔各答和罗得岛两个城市空间进行了整体性描绘与具体描写。加尔各答，作为主人公的故乡，是一座充满喧嚣与混乱的城市。拉希莉通过细腻的笔触，描绘了城市中的街道、市场、寺庙等场景，让读者仿佛身临其境地感受到了这座城市的独特魅力与活力。同时，她也通过主人公对加尔各答的回忆与叙述，揭示了这座城市在主人公心中的地位与意义。罗得岛则是一个与加尔各答截然不同的城市空间。它安静、祥和，充满了现代气息与活力。拉希莉通过主人公在罗得岛的新生活与经历，展现了移民在新国度中的适应与融入过程，也揭示了主人公在身份认同上的变化与挣扎。

拉希莉对城市空间的描绘与探索，不仅增强了小说的地域特色与文化底蕴，也让读者在阅读过程中获得了更加丰富的视觉体验与情感体验。她通过城市空间的转换与变迁，展现了人物在不同文化背景下的生活经历与内心挣扎，也揭示了文化冲突与身份认同等深刻主题。

拉希莉对空间叙事的运用，不仅体现在对城市空间的描绘上，还体现在她对家庭空间的细致刻画上。家庭，作为社会的基本单元，是拉希莉小说中不可或缺的元素。她通过家庭空间的转换与变迁，展现了人物在家庭关系中的情感纠葛与命运交织。

在《同名人》中，拉希莉对家庭空间进行了深入的描绘与探索。小说中的家庭空间，既是一个充满温馨与爱的港湾，也是一个充满矛盾与冲突的战场。父母与子女之间的代沟、兄弟姐妹之间的竞争与嫉妒、夫妻之间的疏离与隔阂，都在家庭空间中得到了充分的展现。拉希莉非常善于描绘家庭中的每一个细节，让读者仿佛身临其境地感受到了家庭生活的复杂性与多层次性。

同时，拉希莉也通过家庭空间的转换与变迁，展现了人物在身份认同上的挣扎与追求。小说中的主人公，作为第二代移民，在家庭空间中承载着父母对故国的思念与期望，同时也面临着在新国度中寻找自我身份的挑战。他通过在家庭空间中的探索与尝试，逐渐找到了自己的位置与价值，也实现了对自我身份的认同与追求。

拉希莉对家庭空间的描绘与探索，不仅增强了小说的情感深度与表现力，也让读者在阅读过程中获得了更加深刻的共鸣与启示。她通过家庭空间的转换与变迁，展现了人物在家庭关系中的情感纠葛与命运交织，也揭示了文化冲突与身份认同等深刻主题。同时，她也通过家庭空间的描绘，传达了对家庭、亲情、爱情等人类永恒价值的思考与感悟。

在《同名人》中，拉希莉的叙事艺术又有了新的突破。小说中嵌入果戈理的作品，这种嵌入式的叙事手法不仅巧妙地推动了情节的发展，还预示了人物的命运，同时揭示了复杂的人物身份问题。这种叙事策略不仅深化了故事的内涵，还表达了拉希莉对杂糅身份的接纳和倡导。她将不同文化背景和时空的文本拼贴在一起，展现了移民群体在多元文化冲击下的身份危机和身份建构过程。这种跨文化的叙事手法，使得拉希莉的作品具有更加广阔的视野和深刻的内涵。

在叙述形式方面，拉希莉采用有限叙述视角，同时多角度叙事的方式，从不同人物的视角去呈现事件的发生，不对人物进行作者全知全能式的分析和评判，向读者直接传达人物生活经验，而是让读者通过人物的眼睛去观察世界，去感受生活的酸甜苦辣。这种叙事方式，不仅增强了小说的真实感与代入感，也让读者在阅读过程中获得了更加丰富的情感体验。

在拉希莉讲述的移民故事中，人物、故事环境和事件各有不同，然而，在全球流散的大语境下，移民在文化冲突和身份追寻过程中经历的期待、无奈、痛苦、伤心乃至绝望，却是读者共同感受着的，进而引起了全球读者的共鸣。正是这份在真实与虚构交织的岁月中所承载的情感的伤痛，让读者铭记。

有限叙述视角与多角度叙事相结合的方式，使作品更加贴近人物的内心世界，增强了故事的真实感和代入感。有限叙述视角意味着叙述者并不拥有全知全能的能力，而是只能从一个或几个特定人物的视角去观察和叙述事件。这种叙述方式使得故事更具主观性和局限性，但也更加真实和生动。

在《低地》这篇小说中，裘帕·拉希莉巧妙地运用了有限视角和多角度叙事相结合的手法，将读者带入了一个充满复杂情感与文化冲突的移民世界。有限视角的运用，是拉希莉在《低地》中叙事策略的一大亮点。拉希莉运用了有限叙述视角，通过不同人物的视角去呈现事件的发生和发展。这种手法使每个角色的内心世界得以细腻呈现，同时也为故事增添了更多的层次和不确定性。苏巴什的视角的叙事带领读者感受他作为哥哥对弟弟乌达安的深厚情感，以及他在面对弟弟牺牲后的心理挣扎与成长；而高丽的视角则揭示了作为遗孀的她，在异国他乡孤独与挣扎的内心世界。这些有限视角的交织，使故事更加真实可信，也让读者能够更深入地理解每个角色的情感与动机。

同时，拉希莉结合多角度叙事的手法，进一步丰富了故事的叙述层次。她不仅通过不同人物的视角来展开故事，还通过回忆、信件、对话等多种形式，将过去与现在、印度与美国等不同时空的片段交织在一起。这种多角度的叙事方式，不仅打破了传统线性叙事的框架，也使故事的时间与空间变得更加灵活多变。读者通过苏巴什的回忆，得以窥见他在美国求学时的孤独与迷惘；而苏巴什与高丽在印度的童年记忆，则与他们在美国的现实生活形成了鲜明的对比，揭示了文化冲突对移民群体心理的深远影响。

拉希莉的这种有限视角与多角度叙事相结合的手法，使得《低地》成了一部充满张力和深度的作品。她通过细腻的心理描写和丰富的叙事层次，展现了移民群体在跨文化生活中的挣扎与适应，以及他们在面对身份认同危机时的复杂情感。读者在阅读过程中，不仅能够感受到故事的情节发展，更能够深入体会到每个角色的内心世界和文化背景，从而更加全面地理解移民群体的生活状态和心理困境。这种叙事艺术不仅增强了小说的艺术表现力，也使《低地》成了一部值得反复品味的经典之作。

以《疾病解说者》为例，小说中的主人公通过在不同空间中的移动，展现了他在文化身份与伦理身份上的挣扎和追求。同时，小说也通过时间的循环与往复，揭示了主人公内心世界的变化与成长。主人公在回忆与现实之间的往复，不仅让他更加深刻地认识到了自己的身份与归属，也让他在面对文化冲突与身份认同的同时更加坚定与从容。空间与时间交织融合的叙事方式，使读者仿佛被带入了一个既真实又虚构的叙事世界，随着人物的移动与变迁、时间的循环与往复，感受到了生活的多彩与复杂、人性的光辉与阴暗。

小说中的空间叙事还体现了一种跨文化的视角与关怀。作为印裔后代，拉希莉的书写充满了跨文化特色，描写了印度文化与美国文化的碰撞和融合。她通过人物在不同文化背景下的生活经历与内心挣扎，展现了人性的共性与差异，也揭示了文化差异对个体命运的影响。

在拉希莉讲述的移民故事中，人物、故事环境和事件各有不同，但他们都共同经历着全球流散语境下，移民在文化冲突和身份追寻旅程中的期待、无奈、痛苦、伤心和绝望。这些情感，是拉希莉通过细腻的人物刻画和生动的情节描写，真实而深刻地传达给读者的。她的作品，就像一面镜子，映照出了移民群体内心的挣扎与追求，也引起了全球读者的共鸣。

迈克·克朗认为，文学作品中的空间是文学与地理景观的结合，空间不仅是对地理景观的描绘与反映，同时也是地理意义、地理知识以及人物地理经历的综合呈现。拉希莉的小说，正是对这一观点的最好诠释。她巧妙地运用了空间叙事手法，将地理空间与人物情感、身份认同等紧密联系在一起，形成了独特的叙事风格。

在《同名人》中，小说通过儿子、父亲和母亲三个不同的视角来叙述家庭的故事，使读者能够从多个角度去理解家庭内部的冲突和和解。这种多角度叙事的方式不仅丰富了小说的叙事层次，也使人物性格更加立体和饱满，故事更具张力和悬念。她通过不同人物对同一事件的不同回忆和叙述，展现了事件的多面性和复杂性。这种叙事方式不仅使得小说更加引人入胜，也引发了读者对事件真相和人物动机的深入思考。

拉希莉的这种叙述方式与其对日常生活的关注紧密相连。她通过有限叙述视角和多角度叙事相结合的手法，将读者的视线引向人物的内心世界和日常生活细节，使得读者能够更加深入地理解人物的情感和思想。这种叙事方式不仅增强了小说的艺术感染力，也使拉希莉的作品更加具有人性关怀和社会责任感。

第三节　多维的情感空间

拉希莉为什么能够作为年轻的作家受到全球读者的喜爱？这与她作品的情感和美学意义休戚相关。“在各种各样难以完整叙述的生活经验中，琐碎生活中的平庸以及渴望逃离的冲动仍然是人类普遍理解的共同感受。”[①]

裘帕·拉希莉讲故事的艺术还体现在她对主题和情感的深刻挖掘上。她的作品往往涉及跨文化、身份认同、家庭关系等深刻主题，通过对这些主题的探讨，她成功地引发了读者对生

① 王丽亚.讲故事的艺术：朱帕·拉西里及其《疾病讲解员》[J].外国文学，2013（2）：3-10，157.

活和社会的深入思考。同时，她也善于捕捉人物内心的微妙情感变化，将其转化为文字，使读者能够深刻感受到人物的喜怒哀乐。

《海玛和卡西克》作为三部曲式的中篇，通过海玛和卡西克两个主要人物的经历，深入探讨了移民生活的多个方面。在这部小说中，裘帕·拉希莉通过细腻的笔触和深刻的情感描绘，展现了主人公海玛和卡西克在不同景观中的生活经历与情感变化。小说没有直接大篇幅描写城市与自然景观，但间接提及了这些景观。这些景观联结着主人公的童年记忆与家庭生活，成为他们情感寄托的重要载体。卡西克与父母一起度过的宁静时光，对他后来的生活选择和情感世界产生了深远影响。

在小说《海玛与卡西克》中，作者用不同空间来表征属于主人公的不同情感。海玛从故事开始，便对卡西克有着朦胧的情感。而少女的羞怯与少年的孤傲都在促进主人公的自我觉醒，开篇就写道："我以前见过你，次数多得数不清，但直到我们家在伊曼广场的那栋房子里替你们家举办践行派对，我才开始记起你已出现在我的生命中。""那时是一九七四年，我六岁，你九岁……" 在海玛家居住的空间，卡西克一家人的寄住，空间的共享，情感的交融，与卡西克购买安置新家之后，主人公与家人、环境的疏离状态形成鲜明的对比。作者不疾不徐地叙述，在空间描述中设置悬念，在十分合理的情况下，悄悄将卡西克母亲患病的事实道出，一切不合情理的场景都找到了合理的解释。小说叙事和重返家园的故事拉开了距离，叙述视角的变换和带有回忆性叙事的风格为故事叙事空间的广阔提供了可能。

作家以主人公海玛的视角回忆两家人的再次相聚，同时又穿插了多年前卡西克一家居住在美国时两家人的情谊，重聚后又多个月共处于一栋房子，主人公海玛在少女朦胧的爱慕中也生出了许多自卑羞怯的心绪。这源于两家人不同的家世背景和经济能力。“你的父母稍稍年长，而且是比较资深的移民，我爸妈则不是。你父母在一九六二年欢迎外籍学生的法律改变前就离开了印度，我爸爸和其他男士还忙着考试时，你父亲已经拿到博士学位。他有车，开着一辆银色单人座椅的萨博轿车到安多弗的机械工程公司上班。”年少时的海玛记得卡西克一家体面的生活、显著的家世背景和尊贵的社交礼仪。通过海玛的回忆，将卡西克父母的过往一一交代清楚。叙述者海玛既是在回忆过去的时光，也是在重现穿越历史的空间，时空交错为一体。今昔对比，海玛一直在以“我父母”“你父母”的语气和陈述方式进行时空的对比。这对比显示出海玛内心的落差。而这羞怯与自卑的心理更是共处于一个大的空间内的情感的表征空间。故事的第二阶段步入海玛对卡西克父母搬来自己家的回忆。

“因此，我们失去了联系，直到一九八一年的元旦，你父亲一早打电话来祝贺新年快乐，还说他在马萨诸塞州找到了新工作，你们家也即将搬回来。最后，他问找到房子前能不能借住在我们家。”[①] 同时，借助海玛的叙述，侧面陈述了海玛父母对于卡西克父母移民美国，又返回印度，复而又返回美国的看法。“不管你们基于什么理由而来，我从我爸妈的谈话里推测，那都是一种怯懦踌躇的表现。‘他们早该知道不可能搬回去。’他们跟朋友们责怪你父母落得两头皆空。我们苦苦撑过了移民的生活，你们却远远逃脱，我爸妈似乎暗示，如果搬回印度的是我们，我们在那里也撑得过去。”[②] 在这段陈述中，叙述者并没有述说自己的见解，只是对父母的话进行了转述。这时的海玛 13 岁，而卡西克已经 16 岁，海玛对卡西克的即将到来充满好奇。

“家里已准备好迎接你们的到来。客厅的沙发多了一些新的抱枕，鲜橘色的抱枕和褐黄色的斜纹软呢沙发相映成趣。植物和古董被重新排列，我的学生照都加上了框，挂在壁炉上方……我爸妈记得你父亲总是打扮得很体面，特地买了早上穿的晨袍，

---

① 裘帕·拉希莉．不适之地［M］．施清真，译．上海：上海译文出版社，2010：202.

② 裘帕·拉希莉．不适之地［M］．施清真，译．上海：上海译文出版社，2010：202.

我妈妈那件是丝绒的，我爸爸那件像是男士晚间便服。”[①]

客厅在印度人的日常生活中占据重要地位。在客厅里，大家会围坐在一起享用美食、闲聊家常，卡西克也经常被家人催促着去客厅，一同品尝印度食物。客厅作为印度传统习惯里社交与情感交流的重要场所，承载着厚重的文化内涵。在拉希莉的作品中，客厅同样具有重要的表征意义，亲友邻居们在此聚会狂欢，分享美食，聊天说笑，淋漓尽致地展现出印度传统生活的趣味。这里热闹非凡，充满浓郁的生活气息和人情味，是印度人情感交流的重要空间。

然而，卡西克一家的美国式做派和疏离的交流方式，却让海玛一家深感困惑和不满。卡西克由于早已知晓母亲病情，内心满是忧愁，行为上也表现得疏远，这解释了他身上那种超出年龄的孤独和冷漠。直到雪后，卡西克独自远离家人走入屋后树林，男孩在墓碑上读出了生死的字样，在静默中说出了积压心底的秘密。关于时间与空间的问题，也围绕疾病与死亡这个话题被提出。卡西克将母亲重病不治这个如此沉重的秘密分享给了海玛，此刻，海玛长久以来的自卑和困惑，突然得到了解答。

---

① 裘帕·拉希莉．不适之地［M］．施清真，译．上海：上海译文出版社，2010：203.

在《不适之地》这本小说集的第二部，海玛和卡西克的故事分成了三个子故事叙述，包括《一生一次》《岁末》和《离船上岸》。母亲离世后，卡西克这位少年已经成年。大学期间，卡西克收到父亲的来电告知他说自己将会迎娶一个印度女人。“我没有参加我爸爸的婚礼。直到我在史瓦斯摩学院读书的最后一年，有个星期天，爸爸一大早打电话来，我才知道这回事。”“现在当然不一样，那些他曾珍惜的独处时光，现在却是寻常之事，甚至成了禁锢。我知道他再也懒得出去散步，也知道自从我妈妈过世后，他几乎没睡过一晚好觉。我已经几个星期没跟他讲话。他回加尔各答探望外公外婆和祖父祖母，他们四人都依然健在。当我拿起悬挂在电话线一头，等着被接起的听筒时，我也以为他只会说他已平安回到马萨诸塞州，而不是我多了一个继母和两个继妹。”[①] 听筒两端，一边是父亲，一边是儿子，家庭关系通过地理距离和心理距离展露无遗。母亲离世后，父子俩的关系并不是那么和谐。两人长时间没有联系，全然称不上亲密。父亲结婚这么大的事情，卡西克却毫不知情，等到已成事实，才被电话告知。父亲并未能适应母亲的离去，不能安眠，也并没有好好安抚失去母亲的儿子。两人的关系疏离，电话线

---

① 裘帕·拉希莉．不适之地［M］．施清真，译．上海：上海译文出版社，2010：222.

两端，不仅隔着物理距离，更有着心理上的隔阂，彼此无法相互体谅。失去妻子和失去母亲伤痛，并未拉近他们的距离。这距离显然是亲情与家庭中不可避免的矛盾冲突的累积，也是强烈个体意识的凸显。

拉希莉在物理空间和心理空间叙事中杂糅着时间的转换，过去与现在，此时与彼时，存在与空间、时间交织在一起，形成一个时空体叙事，故事的情节在时空中得以延展，主题更为深刻。

除此以外，社会文化空间在这短短的交流中显出端倪。父亲仅仅是回了一趟印度，就带回来将陪他度过余生的妻子和两个继女。这是多数印度人的选择，虽然他们身在美国，但在婚姻选择上仍然遵从父母的意愿。印度传统文化习俗的承袭是父亲愿意接纳的，然而生于美国的卡西克，却是在婚礼之后才知晓。对于卡西克来说，父亲的不告知、不商量，就是美国文化中的欺瞒和不尊重，必将带来父子间的更大隔阂。这个来电既是父子亲情关系的对抗，也是印度文化与美国文化的联结与对抗。卡西克跟父亲言语间有了冲突，他感到难以接受，回到宿舍后，他向女友坦白他的妈妈在他上大学前的暑假辞世，还在她身边哭了一阵子。

初读故事第一段，我们会觉得父亲对儿子缺乏关心和爱护，但随着作者巧妙且不动声色的叙述推进，我们会不经意地发现，父亲其实很爱母亲。母亲的离去让父亲备受煎熬，他的生活只是在勉强应付，这种颓废和孤独，或许正是儿子心生不满的缘由，也可能是父子二人都无法面对失去母亲的伤痛。“卡西克，我很烦。我不想每天回到一个空荡荡的家里。”[①] 父亲这句话表明了态度，他只是需要一个妻子。没有母亲存在的家，这个空间，让他难以忍受。这个母亲亲自选择和装修设计的家，本就是一个孤单的存在。母亲因病不想时时被亲友关注，才选择重新回到美国，过一种远离人群的生活。这个家建在偏僻的地方，房子设计也颇为现代，处处体现出一种安静、不受打扰、特立独行的风格。这也是当时母亲的心境。而她走后，这所孤单的房子没法给予丈夫、孩子以温暖。这栋有着游泳池的房子在此时只是孤寂的回忆。丈夫并不比孩子好受，而年轻的卡西克不能体会父亲的痛苦。他的内心充满愤怒，似乎父亲的婚姻是对母亲和自己的背叛。这所房子里进入了全新的成员，占据了母亲精心设计的家，卡西克完全没法接受继母带来的改变。心理空间的排斥使这所被占据的房子成了他心灵的桎梏，他克制着内心的烦闷，又不忍心伤害两个无辜的继妹，时时向她们示好，

---

① 裘帕·拉希莉. 不适之地［M］. 施清真，译. 上海：上海译文出版社，2010：226.

却又在她们翻出母亲照片时情绪失控。关于母亲的一切都是他内心的禁忌，他的暴怒只是借着被翻出的照片的情绪宣泄。家已经是一个巨大的陌生空间，压迫着他的心，迫使他选择逃离。这种复杂的失落、愤怒、悔恨的痛苦盘旋在他的心上，使他开始了他的逃离之旅。

车是卡西克的内心归属空间。父亲的新婚，占据家的继母与继妹，甚至占据了他的房间。关于母亲的一切印迹都被抹除。他悄悄地喝酒，试图让酒精麻痹自己。他听着隔壁的喧闹，忍受着陌生的声音，最开始他选择驾车外出，去往海边，也找借口带年幼的继妹去最近的便利店，在照顾她们好奇心的同时，得以外出透口气。车是独属于他的空间，是家以外独立的占有空间。父亲在他去上大学时送给他这辆奥迪，期望他能在周末和放假的时候，更容易从宾夕法尼亚开车回家。父亲的爱意并没有得到卡西克的理解。因为他觉得父亲只是想摆脱一样妈妈曾经拥有的东西。父亲藏起了跟母亲有关的东西，或者是无法面对失去的痛苦，但卡西克在痛苦中只在意自己的感受和看法。按照印度传统，母亲的东西在她去世后被全部分光。卡西克说他不在乎，但他的表现出卖了他。藏匿起的母亲的照片就是他们共同的隐痛，是他与母亲唯一的联结。他也没有按妈妈的指示留下她挚爱的珠宝，因为他无法再打开这些属于妈妈的东西。

再次回家，他感觉这所房子大得吓人。客厅像是能容纳20人的公共空间。被侵犯的感觉和陌生感替代了母亲在时的亲情和家的温暖。只有离开家，开车前往别处，他才有惬意的感觉。因为怜悯继妹们跟他一样失去了双亲之一，也被要求接受取代之人，他尽可能照顾她们。一同外出拉近了他们彼此的距离。他在心底默认，“我若在场，则证明了我妈妈曾经存在，正如她们代表着她们已经过世的父亲”。[①]“装着母亲照片的鞋盒被小女孩翻出来之后，我在愤怒中粗暴推倒了琵欧，并告诉她们：‘你们没有权利看照片。’”[②]

卡西克明白，自己的举动似乎出于自发，但事后想起来，他知道从某些层面来说，他早就想要逃走。车是他唯一与母亲的专属空间，他毫不犹豫，正如读大学时选择遥远的地方，好离开这个没有母亲的家。他开上高速，一路向北，离开马萨诸塞州，驶过新罕布什尔州的一小部分，进入缅因州，转入一条靠近海岸行驶的道路。他一天天沿着海岸线行驶，开得越来越远，越来越荒凉。“世界上没有人找得到我，感觉好像已经死了，

---

① 裘帕·拉希莉．不适之地［M］．施清真，译．上海：上海译文出版社，2010：251.

② 裘帕·拉希莉．不适之地［M］．施清真，译．上海：上海译文出版社，2010：251.

我的逃避让我品尝那种妈妈永远拥有的庞大力量。”[①] 车是他心灵的专属空间，带他走进大海，走入荒蛮，感受母亲的强大气息。自然空间的原始力量、那种神秘的不竭的力量、海洋母性的力量……是他疗愈内心创伤的处所。

文学地理学的空间分析关注人物活动的地理空间，人物的情感、性格、命运与他所处的地理空间及其位置之间的关系。[②] 巴什拉在《空间的诗学》中写道：“想象力用无形的阴影建造起‘墙壁’，用受保护的幻觉来自我安慰，或者相反，在厚厚的墙壁背后颤抖，不信赖最坚固的壁垒。”[③] 巴拉什精确描述了人与空间的复杂关系。

家是人生故事的起点。人物与家的关系通过家的空间书写表现出来。家的空荡荡暗示人物的孤寂、虚空的精神状态，家的摆设和装饰暗示人物家庭内部关系状态。在《海玛与卡西克》中，卡西克的母亲因为病痛而迫切寻找理想的房子，位置偏远，园里不受任何打扰。家居的布置极其现代化，显示母亲独立自由的精神追求和一家人对于母亲身体状况的担忧。黑白设计透

---

① 裘帕·拉希莉．不适之地［M］．施清真，译．上海：上海译文出版社，2010：258.

② 曾大兴．文学地理学的六个研究方法［J］．中文论坛，2017（1）：282–302.

③ 加斯东·巴什拉．空间的诗学［M］．张逸婧，译．上海：上海译文出版社，2013：3–4.

露出一家人的现代审美偏好，同时也突出了缺乏生命力和生机的颓败状态。

在《海玛与卡西克》的故事中，卡西克离开了原有的家庭，独自在世界各国漂泊，四海为家。他在不同的国家和城市短暂停留，活动在某一个空间之内，又似乎不被任何空间限制。

他的成长通过景观的对比展现出来。母亲生前，为了躲避熟人过度关切的目光，选择回到美国。在买房安家之前，他们一家人寄住在海玛家里。海玛父母为他们腾出空间，并像家人一样对他们关切备至。两家人相处融洽，在卡西克母亲情绪不错的时候，还能参与烹煮食物的家务事。雪后两家人一起享用蛋糕的画面是卡西克内心温暖的回忆。往日的温馨画面，到他们搬入偏僻新家后母亲身体状况的日益衰弱，那个现代设计感强烈的房子也冰冷生硬，缺少生活热气腾腾的气息。再到继母一家的入住，逼仄压抑的“家”逼得卡西克远走北方。在陪伴母亲、目睹母亲生命逐渐消亡，而后母亲又被“替代”的那段生命时光里，卡西克从一个沉默寡言的男孩，成长为一名冲锋在世界上最危险之地做新闻报道的人。他成了一个蔑视死亡、珍视新闻价值的流动媒体人；他成了一个没有固定居所，没有亲情羁绊，勇敢奔忙在一线的战地记者。他的青少年时期，满是对生命逝去的困惑、痛失挚爱的疯狂与麻木，但后来，他独自一人为让更多人的声音被听见，让世界更多的角落被世人了解而不懈努力，甚至将自己的生命安全置之度外。最终，他成为一个世界主义者，在这个博大的空间寻找自我存在的意义。

他的母亲热爱游泳，而他总是去看海，海与他意识中泛起的波浪两两相照，是少年成长过程中的家与远方。成年后他在旅途中于海边停留，枕着海浪入睡。水与海是他潜意识中对母亲的思念与失去母亲的哀痛。而海给予他慰藉，像母亲般回应他内心的澎湃情感。对海的向往和亲近，是对母亲广阔深邃的爱的向往，狭窄与辽阔，两个空间的鲜明对比，揭示出在经历人生痛苦之后，卡西克对自由未来的呼唤。

旅行和在路上，是拉希莉探寻主人公自我迷失和自我建构的方式。在《低地》中，高丽的女儿和高丽分别都做出了极端的行为。高丽选择抛弃女儿去别的城市生活，从而忘记已逝的丈夫，开始一种独立的新生活。而女儿贝拉为母亲的出走所伤，内心创伤迫使她毕业后同样离家出走，四海为家。每当她难以平静，她都会要求父亲带她去往海边。“海”以其壮阔，藏纳了母爱和温情。在少年的心中，海的意象，是与家相对照，是遥远的彼岸，也是家的彼处。在主人公的心中，海与自我意识相连，预示着他们对自我的强烈渴求。

裘帕·拉希莉的作品，尤其是《同名人》，以其细腻的情感描绘和多维的情感空间构建，展现了人物内心世界的丰富层次与复杂纠葛。在这部小说中，拉希莉不仅探讨了家庭、身份、文化冲突等深刻主题，还通过精妙的情感空间布局，让读者能够深切感受到主人公在不同生活阶段的心理变化与情感波动。

《同名人》开篇便以一种近乎静谧的笔触，将读者带入了一个充满张力与期待的情感空间。主人公果戈理的名字，本身就是一种文化交融与身份认同的象征，它联结着印度与美国、过去与现在、传统与现代。这个名字，如同一把钥匙，打开了通往果戈理内心世界的大门，也揭示了他所处情感空间的复杂性。果戈理的成长伴随着对自我身份的探索和对家庭关系的深刻体悟，他的情感空间因此变得多维而立体。

家庭，作为情感空间的核心，在《同名人》中被赋予了多重意义。果戈理的家庭是一个典型的跨文化家庭，父母来自印度，而他本人则在美国出生长大。这种家庭背景使得果戈理的情感空间充满了东西方文化的碰撞与融合。在家庭中，父母对印度的深深怀念与对美国的逐步适应，形成了两种截然不同的情感氛围。父亲阿西玛和母亲贾什万特对印度的记忆，如同家中悬挂的印度画作、播放的印度音乐，构成了家庭情感空间中的一抹亮色，也时刻提醒着果戈理他身上流淌的是印度的血液。然而，果戈理自己却在美国文化的熏陶下成长，他对印度的认知更多来自父母的讲述和家中的装饰，这种间接的经验让他的情感空间既有对印度的向往，又有对美国的归属。

果戈理与父母之间的情感纠葛，是作品中情感空间的重要构成部分。父亲阿西玛对果戈理的名字抱有特殊的情感，他希望通过这个名字将儿子与印度的文化根基相连，却未曾料到这一名字会成为果戈理成长过程中的负担。果戈理在学校因名字而遭受的嘲笑和误解，让他对自我身份产生了深深的困惑，这种困惑在他的情感空间中形成了一片阴霾。他与父母之间的沟通障碍，尤其是关于名字的讨论，成了情感空间中难以逾越的鸿沟。每当家庭聚会，亲戚们对名字的调侃和父母对此的敏感反应，都让果戈理感到一种难以言说的压抑和孤独。

果戈理作为第二代印裔美国人，成长于一个充满印度文化传统的家庭中，但同时又在美国主流文化的熏陶下长大。他对自我身份的探寻和对美国文化的向往，促使他多次与白人女孩交往。这些恋爱经历不仅是果戈理对爱情的追求，更是他对自我身份确认的一种尝试。他希望通过与白人女孩的恋爱，融入美国主流社会，摆脱家庭和文化背景带来的束缚。然而，文化差异、家庭背景以及个人价值观的不同，使得他们在相处过程中产生了诸多摩擦。果戈理逐渐意识到，仅仅通过恋爱并不能完全解决他内心的身份认同问题，也无法让他真正融入美国主流文化。这些恋爱经历反而让他更加迷惘，对自我身份产生了更深的困惑。果戈理最终选择了一位同为印裔的女孩——毛舒米作为他的伴侣。然而，这段婚姻并非一帆风顺。果戈理与毛舒米在性格、生活观念以及文化背景上都存在差异，这些差异在婚后逐渐显现，给他们的婚姻带来了挑战，反映了移民第二代在婚姻选择上的困境。他们既希望找到与自己文化背景相似的伴侣，以维持对家族和传统的认同，又渴望融入美国主流社会，追求个人自由和幸福。这种矛盾的心理使得他们在婚姻选择上犹豫不决，最终导致婚姻破裂。

除了家庭和社会空间，拉希莉还巧妙地运用了自然空间来映射人物内心的情感变化。在《同名人》中，海成了果戈理情感寄托的重要载体。果戈理对海的向往，不仅是对自然美景的欣赏，更是内心深处那份对自由、对未知世界的渴望的体现。海的无垠与广阔和果戈理内心的挣扎与束缚形成了鲜明的对比。每当果戈理感到迷惘或压抑时，他总会想象自己站在海边，让海风拂面，海浪拍打着脚尖，那一刻，他的情感空间仿佛得到了释放和扩展，所有的烦恼和困惑都随着海浪远去。

尤为值得一提的是，拉希莉在《同名人》中通过时间的流转，展现了果戈理情感空间的动态变化。从童年时对名字的懵懂无知，到青少年时期对身份的深深困惑，再到成年后对自我价值的追寻，果戈理的情感空间随着他的成长而不断演变。特别是当果戈理决定更改自己的名字，以摆脱过去的阴影，追求真正的自我时，他的情感空间经历了一次彻底的颠覆和重生。这一决定，不仅是对父母期望的背叛，更是对自我身份的一次勇敢宣告，它让果戈理的情感空间变得更加独立和自由。

此外，拉希莉还通过细节描写，巧妙地构建了果戈理与家人之间微妙的情感联系。比如，果戈理对母亲贾什万特烹饪的印度食物的喜爱，这种味觉上的依赖，成了他情感空间中一抹温馨的色彩。每当他品尝到母亲做的食物，那份对家的思念和对母亲的依恋便会涌上心头，让他的情感空间充满了家的温暖和安全感。

在《同名人》的结尾，果戈理的情感空间达到了前所未有的高度。他通过与家人的和解，尤其是对父亲阿西玛的理解与接纳，让自己的情感空间变得更加宽容和包容。他意识到，名字只是一个符号，真正重要的是他内心的感受和自我的价值。这一认识，让果戈理的情感空间实现了从束缚到自由的飞跃，也让他在未来的生活中更加坚定和自信。

裘帕·拉希莉在《同名人》中通过多维的情感空间构建，展现了主人公果戈理成长过程中的心理变化与情感波动。家庭、社会、自然以及时间等元素的巧妙融合，使得作品的情感空间既深邃又广阔，既复杂又多元。拉希莉以其细腻的笔触和深刻的洞察力，让读者能够深切感受到人物内心的喜怒哀乐，也让我们对跨文化家庭中的身份认同、情感纠葛以及自我追寻有了更加深刻的理解。

在裘帕·拉希莉的文学世界里，情感如同细腻的织线，穿梭于故事的每一个角落，编织出一幅幅复杂而深刻的情感画卷。她的作品《低地》便是一个典型的例证，通过多维的情感空间构建，展现了人物内心世界的丰富层次和深远意蕴。

《低地》开篇便以一种沉静而内敛的笔触，将读者带入了一个充满印度风情的家庭之中。这个家庭，如同印度次大陆上的一片低地，承载着厚重的历史、复杂的情感和纠葛的命运。在这个家庭里，苏巴什、高丽和她的女儿贝拉构成了故事的情感核心，她们之间的情感关系如同一幅细腻的工笔画，每一笔都透露出深深的母爱与难以言说的伤痛。

高丽作为一个接受了大学教育的女性，在丈夫乌达安被枪毙后遭到婆家的冷待。她接受哥哥苏巴什的好意与他成婚离开印度去往美国生活。在罗得岛两个人共同照顾她与乌达安的孩子贝拉，但高丽始终排斥与苏巴什的婚姻，后来抛弃了苏巴什和女儿贝拉，离家去往别的城市独自生活。她的内心世界是一个充满矛盾与挣扎的情感空间。在这个空间里，既有对逝去丈夫的深深怀念，也有对独立新生活的渴望与追求。她选择离开，是因为无法面对丈夫去世后的空虚与痛苦，也是因为想要摆脱传统家庭角色的束缚，去追求一种属于自己的生活。然而，这种选择却给她和女儿贝拉之间带来了无法弥补的裂痕。

在作品中，苏巴什的多维情感空间被细腻而深刻地展现出来。他的情感世界复杂而多层次，经历了从迷惘、挣扎到逐渐清晰、坚定的心路历程。通过内心独白、梦境或回忆等手法，我们得以窥见他对于自我认知、价值追求和生命意义的深刻思考。他的情感波动源于对过去的悔恨、对未来的憧憬，以及对当下的无奈或满足，这些情感交织在一起，构成了他内心世界的丰富色彩。苏巴什与周围人物的关系也是他情感空间的重要组成部分。他在与家人、朋友的互动中，展现出了不同的情感面貌。亲情给予他温暖和支撑，友情带给他力量和勇气，爱情则让他体验到甜蜜与痛苦并存的复杂感受。这些情感共同构成了他人际关系中的情感纽带，使他的情感世界更加立体和多元。

苏巴什所处的环境对他的情感状态也产生深远影响。自然环境的美丽或恶劣让他感受到宁静或焦虑，社会环境的变迁则让他体验到希望或绝望。作品中通过描述苏巴什在不同环境中的情感反应，展现了他与环境之间的情感映射关系，进一步丰富了他的情感空间。

苏巴什的成长历程是他情感空间发展的主线。从童年到成年，他经历了无数的挑战和变故，这些经历塑造了他的性格和情感。作品通过回忆、闪回或时间跳跃等手法，展现了苏巴什在不同年龄阶段的情感变化。这些变化体现了他对世界的认知、对人际关系的理解以及对自我价值的追求等方面的转变，使他的情感空间更加完整和深邃。

苏巴什的多维情感空间是通过深入挖掘内心世界、描绘人际关系、映射环境互动以及展现成长历程来构建的，这些情感元素相互交织、相互影响，共同塑造了苏巴什丰富而复杂的情感世界。

贝拉的情感空间则是另一种景象。她从小在父亲的呵护下长大，虽然与母亲高丽并不亲密，但对母亲有着深深的依恋。然而，母亲的突然离开却让她陷入了深深的孤独与绝望之中。她的内心世界仿佛一片荒芜的低地，充满了对母爱的渴望与对母亲背叛的愤怒。她无法理解母亲的选择，也无法接受这个残酷的现实。在成长的道路上，她始终背负着这份沉重的情感包袱，努力寻找属于自己的方向。

在《低地》中，拉希莉巧妙地运用了地理空间来表征人物的情感状态。高丽的离开，不仅是一种物理上的迁徙，更是一种情感上的逃离。她选择去往别的城市生活，是为了摆脱过去的阴影，寻找一种新的情感寄托。而贝拉则始终留在原地，她的情感空间与母亲形成了鲜明的对比。她无法割舍对母亲的思念与怨恨，也无法摆脱这份情感对她的束缚。

然而，拉希莉并没有将人物的情感空间局限于家庭这个小天地里。她通过贝拉的旅行和成长经历，将情感空间拓展到了更广阔的天地之中。贝拉在毕业后选择了离家出走，四海为家。她的旅行不仅是一种地理上的移动，更是一种情感上的探寻与释放。在旅途中，她遇到了各种各样的人和事，这些经历让她逐渐学会了放下过去的伤痛，勇敢地面对自己的内心。

海，这个在《低地》中反复出现的意象，成了贝拉情感空间的重要组成部分。每当她难以平静时，她都会要求父亲带她去往海边。海以其壮阔与深邃，藏纳了贝拉对母爱的渴望与对过去的哀痛。在海边，她可以尽情地倾诉内心的苦闷与孤独，也可以静静地感受海浪的抚慰与启迪。海成了她内心的安在之处，也是她成长道路上的一盏明灯。

在贝拉的旅途中，她还遇到了另一个重要的情感空间——低地。这个低地并不仅是指地理上的低洼地带，更是一种情感上的低谷与困境。在贝拉的生命中，她曾多次陷入这样的低地之中。母亲的离开、爱情的失落、职业的挫折……这些都让她感到无比痛苦与迷惘。然而，正是这些低地的经历让她更加坚强与成熟。她学会了在低地中寻找希望与力量，也学会了如何走出低地、迎接新的生活。

除了家庭、旅行和低地等情感空间，《低地》还涉及了另一个重要的情感维度——文化与身份。作为印裔美国人，贝拉和她的家人在文化身份上存在双重性。他们既保有印度文化的传统与习俗，又受美国文化的影响与熏陶。这种文化身份的双重性让他们在面对生活时更加复杂与纠结。

贝拉在成长过程中一直努力寻找自己的文化身份。她既想保留印度文化的传统与精髓，又想融入美国主流社会的生活与价值观。然而，这种寻找却并不是一帆风顺的。她时常感到自己处于两种文化之间的夹缝之中，无法真正归属于任何一方。这种文化身份的困惑让她更加孤独与迷惘。

然而，在《低地》的结尾处，贝拉却找到了属于自己的文化身份。她明白了自己既是一个印度人，也是一个美国人。她不需要在两种文化之间做出选择，而是可以将它们融合在一起，形成自己独特的文化身份。这份明白让她更加自信与坚定，也让她在未来的生活中更加从容与坦然。

在《低地》中，拉希莉还通过细腻的情感描绘展现了人物之间的复杂关系。高丽与贝拉之间的母女关系、贝拉与父亲之间的父女关系、贝拉与恋人之间的爱情关系……这些关系都充满了纠葛与矛盾，但也充满了温情与感动。拉希莉善于捕捉人物内心的微妙情感变化，将它们转化为文字，让读者能够深刻感受到人物的喜怒哀乐。

在高丽离开贝拉后，贝拉对母亲的思念与怨恨交织在一起，形成了她内心深处的情感旋涡。她时常在梦中见到母亲的身影，却又在醒来时感到无比空虚与失落。这种情感的变化与挣扎让读者深感同情与共鸣。而当贝拉在旅途中逐渐学会放下过去的伤痛时，她对母亲的思念也变成了一种深深的祝福与祈愿。她希望母亲能够过得幸福与安康，这份情感的转变让读者感受到了人物内心的成长与释怀。

《低地》中的爱情关系也充满了复杂与纠葛。贝拉在旅途中遇到了自己的恋人，他们之间的爱情如同海浪一般起伏不定，时而激情澎湃，时而平静如水。他们彼此深爱着对方，却又因为各种原因而无法走到一起。这份爱情的无奈与遗憾让读者深感惋惜与心痛。然而，正是这份爱情的经历让贝拉更加珍惜眼前的幸福与美好，也让她勇敢地面对未来的生活。

《低地》作为裘帕·拉希莉的代表作之一，通过多维的情感空间构建展现了人物内心世界的丰富层次和深远意蕴。无论是家庭、旅行、低地还是文化与身份等情感空间，都充斥着纠葛与矛盾，但也充满了温情与感动。拉希莉善于捕捉人物内心的微妙情感变化，将它们转化为文字，让读者能够深刻感受到人物的喜怒哀乐。她的作品不仅引发了读者对生活和社会的深入思考，也让读者在情感的海洋中找到了共鸣与慰藉。

裘帕·拉希莉的小说以其独特的叙事艺术和对移民家园的深刻描绘，成了一个值得深入探讨的课题。在她的笔下，移民家园不仅是一个地理上的概念，更是一个充满情感、记忆和象征意义的复杂空间。这个空间既包含了移民对故国的怀念和追忆，也融入了他们对新环境的适应和融合。拉希莉通过巧妙的叙事手法，将这一空间建构得既真实又富有诗意。

对其创作的艺术叙事条分缕析下，我们不难发现，拉希莉的小说中的空间建构具有鲜明的互文关联性。这种关联性不仅体现在同一文本中相似人物之间的互相映照，还体现在不同文本中同一人物的性格发展和命运变迁上。在她的多篇小说中，我们都可以看到，那些身处异国他乡的移民都在以各自的方式寻找属于自己的家园。这些相似的人物形象如同一面面镜子映照出彼此内心的挣扎和追求。

与此同时，拉希莉还善于在同一文本中塑造多个相似但又各具特色的人物形象。这些人物之间既存在相似之处，又有各自的独特性。他们都在共同构建一个复杂多变的移民社会。这种人物群像的描绘方式，不仅丰富了小说的情节和内涵，也使得读者能够更加全面地了解移民群体的生活状态和心理变化。

在拉希莉的小说中，空间不仅是一个静态的背景，还是一个充满活力和变化的动态过程。作家通过空间描绘了移民们如何在新环境中逐渐建立自己的家园，又如何在这个家园中寻找自己的位置和价值。这种空间建构的过程，既是一种物质上的建设，也是一种精神上的追寻。拉希莉通过小说中的空间描述，展现了移民们对家园的渴望和追求，以及他们在追求过程中所经历的种种艰辛和挫折。

拉希莉运用多种叙事手法，如第一人称叙述、多线索并行、回忆与现实交织等，来构建一个个既真实又富有想象力的文学世界。在她的笔下，每个故事都仿佛是一个独立的宇宙，充满了生活的琐碎和人生的哲理。她通过细腻的心理描写和生动的场景刻画，使得读者能够身临其境地感受到小说中人物的情感和思绪。

拉希莉善于捕捉生活中的微小瞬间，通过这些细节来展现人物的性格和内心世界。这种对细节的关注和运用，使得拉希莉的小说更加生动和真实，也让读者能够深入地理解小说中的人物和情节。她通过小说中的空间、人物和事件，来探讨移民群体的身份认同、文化冲突和融合等问题。这些问题不仅是移民群体所面临的现实困境，也是全球化时代背景下人类共同面临的挑战。她向我们展示了一个充满多元性和复杂性的世界，也让我们更加深刻地理解了人类文化的多样性和相互交融的重要性。

总之，裘帕·拉希莉的小说以其独特的叙事艺术和对移民家园的深刻描绘，成了跨文化与文学研究领域的一颗璀璨明珠。她通过巧妙的叙事手法和细腻的笔触，构建了一个个既真实又富有诗意的移民家园。在未来的研究中，我们可以进一步深入探讨拉希莉小说中的空间建构与叙事艺术，以及它们在跨文化交流中的意义和价值。通过这样的研究，我们不仅可以更全面地了解拉希莉的文学成就，也可以为跨文化与文学研究领域提供更多的思考和启示。

结　语

美国作为一个移民国家，其族裔书写在当代文学中取得了令世人瞩目的成绩，族裔主体身份的构建与认同在叙事的想象中得到了彰显，并体现出不同的特点。在全球化加剧的今天，我们深切感受到了当前世界局势的动荡和复杂，不同文化或文明之间的冲突与对抗，也体味到族裔文学表现的不同文化间的杂糅。在对待异质文化的外部关系的不同观点中，美国学者亨廷顿持“冲突论”，他认为在这些不同的文化或文明之间只有对抗和纷争，其观点把握了文化间性的一个方面，但还是不够全面的。美国族裔作家作品引领我们体悟了跨越民族文化身份认同与建构中的撕裂与弥合，而其中表现的文化复杂性，无法仅仅用文化融合、文化杂糅来总结。不管是文化冲突论还是文化融合论，都是片面的。我国关于美国族裔小说研究成果集中在离散性、后殖民性、女性主义等方面，且限于个别作家作品的评介，相比国外研究具有一定的滞后性、欠系统性等问题。因此，考虑借助空间理论研究 21 世纪美国族裔文学，就美国印裔文学总体研究理论方法的建构以及从宏观角度全面强调美国印裔小说表现内容和特色上的价值和意义，是本研究的一个崭新的尝试。

当代美国少数族裔文学国内外研究经历不同阶段，研究多围绕主题、风格、叙事、作品比较、综述、译介等展开。有聚焦单部作品，也有针对多部作品的研究；有单个视角，也有多个视角叠加研究。总体来看，学界研究成绩斐然，视角丰富，深度与广度兼具，研究态势喜人，且国外成果深度要高于国内研究成果。

中国大陆对于美国印裔作家的研究成果是除华裔之外最多的。在期刊论文方面，早在 1986 年，张中载的《婆罗室伐底女神式的风采多姿：〈子夜出生的孩子〉》便对拉什迪的作品进行了评析[①]。1990 年后，几乎每年都有数篇关于拉什迪的论文出现。拉什迪研究在国内如火如荼，丝毫不亚于大陆学者热衷的

① 张中载．婆罗室伐底女神式的丰采多姿：《子夜出生的孩子》[J]．外国文学，1986（3）：91–92.

华裔文学作家研究。除了拉什迪研究，国内学者还专注于其他美国印裔作家的作品，如尹锡南的《拉什迪：印裔移民作家的后殖民诗学观解读："殖民与后殖民文学中的印度书写"研究系列之四》(2004)[①]、吴京京与孙妮的《殖民阴霾下女性意识觉醒之路：解读芭拉蒂·穆克尔吉的〈树新娘〉》(2014)[②]、赵莉华的《论〈移植人〉中印裔飞地小印度的多重空间内涵》(2016)[③]、郑光锐的《亚裔美国小说中流散者人文精神与世界主义伦理观研究》(2022)[④]。除此之外，各大高校的研究生也纷纷选取美国印裔作品为毕业论文的研究对象。国内博士也越来越关注此方面的研究，对美国印裔离散作家创作中的共同主题，如离散群体的心理及感情经历、身份建构、文化混杂和"家叙事"等进行了综合性分析和解读。齐园在《后殖民背景下的"异质文化形象"研究》(2011)[⑤]中则是分析了美国印裔作家拉什迪

① 尹锡南. 拉什迪：印裔移民作家的后殖民诗学观解读："殖民与后殖民文学中的印度书写"研究系列之四［J］. 南亚研究季刊，2004（4）：75–81，95.

② 吴京京，孙妮. 殖民阴霾下女性意识觉醒之路：解读芭拉蒂·穆克尔吉的《树新娘》［J］. 安徽理工大学学报（社会科学版），2014，16（6）：90–93.

③ 赵莉华. 论《移植人》中印裔飞地小印度的多重空间内涵［J］. 外国语文，2016，32（1）：8–12.

④ 郑光锐. 亚裔美国小说中流散者人文精神与世界主义伦理观研究［J］. 沈阳工程学院学报（社会科学版），2022，18（1）：84–88.

⑤ 齐园. 后殖民背景下的"异质文化形象"研究［J］. 天津师范大学学报（社会科学版），2011（6）：58–62.

等作家作品中所流露的对母国探究、游离和批判，但又无法摆脱对母国文化深沉眷恋和纠缠的矛盾心理。

国外对印裔美国作家的研究同样以重要文学奖的获得为参考。在众多的研究中，印度学者占据了重要部分。安尼塔·德赛因作品较多，在国外受到广泛研究。截至 2025 年，国外对巴拉蒂·穆克吉作品的研究著作约 25 部，期刊论文、硕博学位论文约 110 篇，多以移民在异国他乡所面临的文化冲突以及身份归属等问题为研究焦点。国外学者对奇塔·蒂娃卡鲁尼的研究很少。国外对新锐印裔美国作家基兰·德赛的研究相对较少，截至 2025 年，共检索到约 40 篇访谈和期刊论文，博士学位论文 4 篇。总体而言，国外对于“印裔美国文学”这一领域的研究，对个别作家的研究比国内更深入，对这些作家作品中主人公的身份认同、文化冲突研究较多。

在当今世界文坛中，美国印裔作家的作品颇具传奇性和争议性，其作品反映的社会、经济和政治等问题极为深刻。研究以裘帕·拉希莉为代表的 21 世纪美国印裔小说是认识美国其他少数族裔文学乃至整个美国少数族裔文学的重要契机，以便掌握美国少数族裔文学发展的全貌；有助于我们认识多元文化中包括印裔在内的美国整个少数族裔小说中的文化和心理诉求，其文学作品中体现出的主题意义、审美价值及文化价值等可以起到借鉴和启发的作用；它也促使我们在其语境中反思西方中心主义和反对西方文化霸权，挖掘在和而不同对话中的主体性与文化自信问题。这些反思能够助益我们更好地推进文化交往合理化，促进当代跨语境文论建设。

参考文献

一、作家作品

1. 裘帕·拉希莉．疾病解说者［M］．卢肖慧，吴冰青，译．上海：上海文艺出版社，2005.
2. 裘帕·拉希莉．同名人［M］．卢肖慧，吴冰青，译．上海：上海文艺出版社，2005.
3. 裘帕·拉希莉．不适之地［M］．施清真，译．上海：上海译文出版社，2010.
4. 裘帕·拉希莉．年终岁末［M］．王伯信，译．南京：译林出版社，2009.
5. 裘帕·拉希莉．低地［M］．吴冰青，译．杭州：浙江文艺出版社，2019.
6. Jhumpa Lahiri. In Other Words［M］. New York: Bloomsbury,

2017.

7. Jhumpa Lahiri. Whereabouts [M] . New York: Alfred A. Knopf, 2021.

二、其他参考文献

1. Anantharaman D. The Second-Generation Predicament: Cultural Identity in Jhumpa Lahiri's Novels [J] . Journal of South Asian American Studies, 2018, 3(1): 56–74.

2. Abrams M H. The Mirror and the Lamp: Romantic Theory and the Critical Tradition [M] . Oxford: Oxford University Press, 1953.

3. Banerjee M, et al. Introduction [J] . American Studies, 2006, 51(3): 311–321.

4. Begum L. Fashioning Diaspora: Beauty, Femininity, and South Asian American Culture [J] . QED: A Journal in GLBTQ Worldmaking, 2017, 4(3): 216–217.

5. Bowen E. The Art of the Novelist [M] . London: Faber and Faber, 1962.

6. Chatterjee R. Structuring Trauma: Narrative Techniques in Jhumpa Lahiri's Fiction [J] . Journal of Narrative Theory, 2019, 49(2): 187–208.

7. Fernandes S. Postcolonial Feminism and the Construction of

Female Subjectivity in Jhumpa Lahiri's Fiction [J] . Women's Studies International Forum, 2020, 81: 102–118.

8. James H. The Art of the Novel: Critical Prefaces [M] . Blackmur R P, ed. Boston: Northeastern UP, 1984.

9. Jayaram N. Sociological Imagination and Literary Sensitivity: A Tribute to M. N. Srinivas [J] . Sociological Bulletin, 2019, 68(2): 133–153.

10. Koshy S. Navigating Identities: Cultural Hybridity in the Works of Jhumpa Lahiri [J] . Journal of Postcolonial Literature, 2012, 47(3): 89–102.

11. Lau L. Re-Orientalism: The Perpetration and Development of Orientalism by Orientals [J] . Modern Asian Studies, 2009, 43(2): 571–590.

12. Lucas R G. Review of Place and Space in Modern Fiction, by W. A. Kort [J] . Religion & Literature, 2005, 37(3): 145–147.

13. Macgowan C. The Twentieth-Century American Fiction Handbook [M] . Malden: Wiley-Blackwell, 2011.

14. Makker K J. The Gift of Poetry En Route [J] . Journal of Architectural Education (1984–), 2006, 60(1): 24–25.

15. Meinig D W. The Interpretation of Ordinary Landscapes [M] . New York: Oxford University Press, 1979.

16. Moorti S. Cultural Hegemony and Resistance in Jhumpa Lahiri's

Works: A Postcolonial Analysis [J] . Journal of Postcolonial Writing, 2019, 55(1): 34–51.

17. Narain M. Gender and Power in the Works of Jhumpa Lahiri [J] . Literature and Gender Studies, 2017, 7(2): 45–60.

18. Pourya A. Fabrication of a Desired Truth: The Oblivion of a Naxalite Woman in Jhumpa Lahiri's The Lowland [J] . Asian Ethnicity, 2018: 233–238.

19. Rajan G. Trauma and Identity in Jhumpa Lahiri's Fiction [J] . Journal of Trauma Studies, 2020, 20(4): 456–472.

20. Roy A. Psychoanalytic Perspectives on Trauma Narratives in Jhumpa Lahiri's Works [J] . Literary Psychology, 2013, 38(1): 112–130.

21. Sarvate S. Spicing It Up [J] . The Women's Review of Books, 2003, 20(10/11): 36.

22. Shankar L D. Not Too Spicy: Exotic Mistresses of Cultural Translation in Jhumpa Lahiri's Fiction [J] . Lit: Literature Interpretation Theory, 2008, 19(1): 1–25.

23. Sharma N. Multiple Narrative Perspectives and Voices in Jhumpa Lahiri's Fiction [J] . Narrative Inquiry, 2021, 31(1): 85–104.

24. Srikanth R. The Poetics of Jhumpa Lahiri: Language, Symbolism, and Metaphor [J] . Journal of Literary Stylistics, 2017, 47(1): 78–99.

25. Singh A. Postcolonial Perspectives on Jhumpa Lahiri's Fiction [J] . Modern Fiction Studies, 2014, 60(2): 314–332.
26. Smith J. The Evolution and Deepening of the Concept of Landscape: From Reflection to Construction [J] . Geographical Review, 2015, 105(2): 187–202.
27. Swidler A. Culture in Action: Symbols and Strategies [J] . American Sociological Review, 1986, 51(2): 273–286.
28. Tim Cresswell T. Place: An introduction [M] . 2nd ed. Chichester: Wiley-Blackwell, 2015.
29. Tuan Y F. Thoughts and Landscapes [J] . Annals of the Association of American Geographers, 1977, 67(2): 89–102.
30. Tuan Y F. Romantic Geography: In Search of the Sublime Landscape [M] . Madison: University of Wisconsin Press, 2013.
31. Reddy V. Jhumpa Lahiri's Feminist Cosmopolitics and the Transnational Beauty Assemblage [J] . Meridians: Feminism, Race, Transnationalism, 2011, 2(1): 1–25.
32. Zeiny E. Academic Imperialism: Towards Decolonization of English Literature in Iranian Universities [J] . Asian Journal of Social Science, 2019, 47(1): 88–109.
33. 爱德华・W. 索亚 . 第三空间：去往洛杉矶和其他真实和想象地方的旅程 [M] . 陆扬，等译 . 上海：上海教育出版社，2005.
34. 安中委 .《不适之地》中归属感与文化共同体建构 [J] . 宜春学

院学报，2025，47（1）：68–74，109.

35. 巴尔扎克 . 人间喜剧 · 前言［M］// 巴尔扎克全集：第 1 卷 . 丁世中译 . 北京：人民文学出版社，1984：8.

36. 加斯东 · 巴什拉 . 空间的诗学［M］. 张逸婧，译 . 上海：上海译文出版社，2013.

37. 加斯东 · 巴什拉 . 水与梦：论物质的想象［M］. 顾嘉琛，译 . 郑州：河南大学出版社，2016.

38. 陈国新 . 多元文化背景下美国华裔女性文学身份认同研究［D］. 齐齐哈尔：齐齐哈尔医学院，2013.

39. 陈虹静 . 镜像理论下拉希莉与严歌苓跨文化写作比较：以《疾病解说者》和《少女小渔》为例［J］. 贵州民族大学学报（哲学社会科学版），2014（4）：51–55.

40. 陈颖 . 裘帕 · 拉希莉小说中第二代移民的文化身份困境与成长［J］. 外国文学研究，2018（3）：65–74.

41. 程虹 . 裘帕 · 拉希莉《同名人》中的操演之家［J］. 外国文学研究，2020（4）：45–52.

42. 董洁 . 美国少数族裔文学表达范式思考［J］. 贵州民族研究，2019，40（2）：130–134.

43. 董美含 . 历史语境下美国华裔女性文学的“食物”叙事传统［J］. 文艺争鸣，2014（9）：78–83.

44. 段义孚 . 恋地情结：对环境感知、态度与价值观的研究［M］. 志丞，刘苏，译 . 北京：商务印书馆，2018.

45. 福柯 . 另类空间［J］. 地理学评论，1986.
46. 宫玉波，柳青 .“适”与“不适”:《不适之地》中移民文化身份困境探析［J］. 山东外语教学，2014（2）：45–50.
47. 高玉华 . 多元视角下的文化漂泊：从美籍印裔女作家拉希莉的《疾病解说者》看流散文学发展的新趋势［J］. 时代文学（下半月），2009（10）：51–53.
48. 郭辉 . 文学空间论域下的文学理论之生成［J］. 学术论坛，2012（5）：135–140.
49. 郭英剑，何乃婷，刘向辉 . 美国南亚裔文学作品选［M］. 北京：中国人民大学出版社，2022.
50. 荷马 . 奥德赛［M］. 王焕生，译 . 北京：人民文学出版社，2012.
51. 亨利·詹姆斯 . 小说的艺术［M］. 黑鹏，译 . 北京：北京大学出版社，2011.
52. 侯飞 . 莎丽摇曳下孤独的异乡异客:《疾病解说者》中女性人物的孤独意识解读［J］. 安徽文学（下半月），2010（11）：5–6.
53. 胡朝霞，蒋天平 . 社会建构论视域下《疾病解说者》中的市场医疗想象［J］. 南华大学学报（社会科学版），2024，25（1）：107–112.
54. 胡俊 . 裘帕·拉希莉《同名人》中的操演之家［J］. 外国文学研究，2020（4）：53–60.
55. 黄新辉 .《疾病解说者》中移民的身份建构：以舌尖上的隐喻解

读为视角［J］. 广东外语外贸大学学报，2020，31（1）：51–58，158.
56. 黄鑫.《疾病解说者》的创伤研究［J］. 文教资料，2017（18）：13–14.
57. 黄维. 从地理学视角看城市历史文化景观集体记忆的研究［J］. 人文地理，2020（3）：30–37.
58. 姜礼福. 责任·创伤·伦理：评裘帕·拉希莉新作《低地》［J］. 外国文学动态，2014（4）：40–42.
59. 姜学茹.《低地》中裘帕·拉希莉"世界主义"思想研究［D］. 秦皇岛：燕山大学，2018.
60. 蒋孔阳. 论人是"世界的美"［J］. 学术月刊，1986（12）：37–42.
61. 卡尔·施米特. 陆地与海洋：古今之"法变"［M］. 林国基，周敏，译. 上海：华东师范大学出版社，2006.
62. 奎迈·安东尼·阿皮亚. 世界主义：陌生人世界的道德规范［M］. 北京：中央编译出版社，2012.
63. 劳芷姗. 裘帕·拉希莉短篇小说中印裔移民的身份追寻之路［D］. 深圳：深圳大学，2020.
64. 李凡，朱竑，黄维. 从地理学视角看城市历史文化景观集体记忆的研究［J］. 人文地理，2020，35（3）：30–37.
65. 李靓. 同名的困惑：论裘帕·拉希莉《同名人》中果戈理的身份认同问题［J］. 湖北社会科学，2012（11）：45–50.

66. 李靓．第三块大陆之下的潜文本［J］．外国文学，2012（4）：89–95.

67. 李敏．跨文化适应视角下的裘帕·拉希莉小说中的文化身份建构［J］．外语教学与研究，2018（2）：121–130.

68. 李姿毅．基兰·德赛印度书写研究［D］．北京：北方工业大学，2023.

69. 李鸳鸯．外籍新娘的媒介使用与社会融入研究［D］．昆明：云南师范大学，2023.

70. 刘进．20 世纪中后期以来的西方空间理论与文学观念［J］．文艺理论研究，2007（6）：19–27.

71. 刘瑾．国内美国少数族裔文学的身份问题研究刍议［J］．中国多媒体与网络教学学报（上旬刊），2019（3）：204–206.

72. 刘霞．美国少数族裔文学的演进与反思［J］．名作欣赏，2019（33）：178–179.

73. 刘洋．权力与性别：裘帕·拉希莉小说中的女性形象分析［J］．当代文坛，2019（5）：142–148.

74. 刘溢，曹丹．饮食文化视角下美国移民二代身份认同之惑：以《疾病解说者》为例［J］．英语广场，2024（25）：64–68.

75. 列斐伏尔．空间的生产［M］．刘怀玉，等译．北京：商务印书馆，2021.

76. 龙迪勇．空间叙事学［D］．上海：上海师范大学，2008.

77. 卢肖慧．裘帕·拉希莉其人其文［J］．世界文学，2010（3）：

145–150.
78. 陆扬 . 论福柯的空间思想［J］. 贵州大学学报（社会科学版），2022，40（3）：1–8.
79. 迈克 · 克朗 . 文化地理学［M］. 杨淑华，宋慧敏，译 . 南京：南京大学出版社，2005.
80. 南帆 . 多维的关系［M］. 福州：福建教育出版社，2018.
81. 南帆 . 文学的意义生产与接受：六个问题［J］. 东南学术，2010（6）：4–14.
82. 齐园 . 后殖民背景下的“异质文化形象”研究［J］. 天津师范大学学报（社会科学版），2011（6）：58–62.
83. 乔莉萍，成秋凤 .“低地”困窘的挣扎与呻吟：裘帕 · 拉希莉小说《低地》的隐喻手法分析［J］. 辽宁师范大学学报（社会科学版），2023，46（5）：94–100.
84. 热拉尔 · 热奈特 . 叙述：词与事：叙事学研究之四［J］. 江西社会科学，2002，(4)：18–29.
85. 任裕海 . 全球化、身份认同与超文化能力［M］. 南京：南京大学出版社，2015.
86. 沙桐 . 异化理论视阈下《低地》中人物自我追寻的困境解读［D］. 大连外国语大学，2019.
87. 尚必武 . 伦理选择 · 伦理身份 · 伦理意识：《慈悲》的文学伦理学解读［J］. 外国文学研究，2011（6）：45–52.
88. 石云龙 . 婆罗室伐底女神式的丰采多姿：《子夜出生的孩子》

［J］. 外国文学，1986（3）：91–92.
89. 史炜煜 . 茱帕 · 拉希里短篇小说中的家庭创伤［D］. 苏州：苏州大学，2017.
90. 孙佳伟 . 在混杂中建构第三空间［D］. 北京：北京理工大学，2018.
91. 田薇 . 莎士比亚十四行诗中的"时间"隐喻与语篇连贯［J］. 宜春学院学报，2020（1）：45–50.
92. 田裕丰 . 阿维夏依 · 玛格利特的记忆伦理研究［D］. 兰州：西北师范大学，2023.
93. 王丽 . 裘帕 · 拉希莉小说中女性角色的成长与困境［J］. 妇女研究论丛，2018（1）：98–106.
94. 王丽亚 . 讲故事的艺术：朱帕 · 拉西里及其《疾病讲解员》［J］. 外国文学，2013（2）：3–10，157.
95. 王林 . 美国少数族裔文学研究刍议［J］. 语文建设，2014（6）：43–44.
96. 王宁 . 西方文论关键词世界主义［J］. 外国文学，2014（1）：96–105，159.
97. 王宁 . 流散写作与中华文化的全球性特征［J］. 中国比较文学，2004（4）：2–14.
98. 王宁 . 叙事学视角下的裘帕 · 拉希莉小说叙事结构分析［J］. 文学理论研究，2017（3）：101–112.
99. 王卓 . 边缘地带的先锋：美国族裔文学语境中的美国非裔文学

［J］. 山东外语教学，2012，33（6）：16–25.
100. 菲利普·韦格纳. 空间批评：批评的地理、空间、场所与文本性［M］// 阎嘉. 文学理论精粹读本. 北京：中国人民大学出版社，2006：145–160.
101. 韦丽莹. 后殖民语境下印度裔移民作家小说的成长主题研究［J］. 长江小说鉴赏，2023（9）：28–32.
102. 吴超平. 裘帕·拉希莉短篇小说优雅的美学风格［J］. 淮北师范大学学报（哲学社会科学版），2023，44（4）：57–63.
103. 吴京京，孙妮. 殖民阴霾下女性意识觉醒之路：解读芭拉蒂·穆克尔吉的《树新娘》［J］. 安徽理工大学学报（社会科学版），2014，16（6）：90–93.
104. 吴栖凤.《押沙龙，押沙龙！》的跨媒介叙事研究［D］. 无锡：江南大学，2023.
105. 夏欢. 异质空间中人的生存境遇：沟通的难题：评《疾病解说者》［J］. 大众文艺，2017（1）：17–18.
106. 谢有顺. 成为小说家［M］. 太原：北岳文艺出版社，2018.
107. 薛婷月.《疾病解说者》中的"种族忧郁"解说［D］. 上海：上海大学，2023.
108. 薛玉凤."小历史"中的"大历史"：《疾病解说者》中的历史叙事与文化霸权［J］. 外国文学研究，2009，31（3）：27–33.
109. 杨明晨."国家"叙述中的族裔话语：美国华裔文学批评与美国国家文学史书写［J］. 东北大学学报（社会科学版），2020，

22（4）：112–119.
110. 杨心怡 . 跨文化视角下《疾病解说者》中的女性移民群体形象分析［J］. 海外英语，2023（16）：209–211.
111. 杨晓霞，王伟均 . 同名的困惑：论裘帕·拉希莉《同名人》中果戈理的身份认同问题［J］. 湖北社会科学，2012（11）：45–50.
112. 杨晓燕 . 裘帕·拉希莉小说中的东方文化元素与西方读者接受研究［J］. 东方文化研究，2016（4）：56–67.
113. 姚依萍 . 从创伤理论角度分析裘帕·拉希莉小说中的女性形象：以《疾病解说者》为例［J］. 青年文学家，2019，（17）：144–145.
114. 亨利·列斐伏尔 . 日常生活批判：第三卷［M］. 叶齐茂，倪晓辉，译 . 北京：社会科学文献出版社，2018.
115. 伊格尔顿 . 二十世纪西方文学理论［M］. 伍晓明，译 . 北京：北京大学出版社，1987.
116. 尹锡南 . 拉什迪：印裔移民作家的后殖民诗学观解读："殖民与后殖民文学中的印度书写"研究系列之四［J］. 南亚研究季刊，2004（4）：75–81，95.
117. 余倩影 .《不适之地》中第二代美籍印度裔女性的身份构建［D］. 武汉：武汉理工大学，2022.
118. 余玉叶 .《低地》的叙事伦理研究［D］. 南昌：南昌大学，2021.

119. 余军．裘帕·拉希莉《同名人》中的创伤叙事研究［J］．世界文学评论（高教版），2017（1）：164–168.

120. 袁雪生，彭霞．裘帕·拉希莉《疾病解说者》的文学伦理学解读［J］．江西师范大学学报（哲学社会科学版），2015，48（3）：68–72.

121. 袁雪生．裘帕·拉希莉《不适之地》中的空间建构与伦理书写［J］．外国文学研究，2020，42（6）：62–72.

122. 云玲．裘帕·拉希莉小说中的世界主义思想［J］．河北广播电视大学学报，2016（3）：29–32.

123. 云玲．裘帕·拉希莉作品的离散叙事研究［M］．北京：北京理工大学出版社，2016.

124. 张剑．裘帕·拉希莉小说中的文化冲突与身份认同［J］．当代外国文学，2016（4）：87–95.

125. 张慧．裘帕·拉希莉小说中创伤叙事的结构与功能［J］．当代文学理论，2018（1）：135–144.

126. 张莉．裘帕·拉希莉作品中的创伤与救赎主题研究［D］．上海：上海外国语大学，2013.

127. 张龙海．美国华裔文学的文化关照与历史传承［M］．上海：上海交通大学出版社，2012.

128. 张龙海．美国亚裔文学研究［M］．厦门：厦门大学出版社，2018.

129. 张平功．全球化与文化身份认同［M］．广州：暨南大学出版社，2013.

130. 张瑞华．后殖民理论视角下裘帕·拉希莉作品的主题研究［D］．济南：山东大学，2012.

131. 张瑞雪．裘帕·拉希莉短篇小说中的文化身份研究［D］．南京：南京航空航天大学，2014.

132. 张秀芳．裘帕·拉希莉《疾病解说者》中的创伤叙事研究［D］．苏州：苏州大学，2017.

133. 赵辉辉．《疾病解说者》中的“他者”研究［D］．西安：陕西师范大学，2016.

134. 赵莉华．论《移植人》中印裔飞地小印度的多重空间内涵［J］．外国语文，2016，32（1）：8–12.

135. 赵雪梅．后殖民女性主义视角下的裘帕·拉希莉小说中的女性主体性建构［J］．外国文学评论，2021（2）：110–125.

136. 赵一凡．裘帕·拉希莉小说中的跨文化冲突与融合［J］．跨文化研究，2018（2）：78–89.

137. 郑佳．《日诞之地》中的地理景观：人文主义地理学视角［J］．外国文学评论，2016（3）：155–168.

138. 郑光锐．亚裔美国小说中流散者人文精神与世界主义伦理观研究［J］．沈阳工程学院学报（社会科学版），2022，18（1）：84–88.

139. 郑红燕．裘帕·拉希莉作品中的印度书写研究［D］．扬州：扬州大学，2017.

140. 钟志清 . 当代美国族裔文学的文化身份研究［M］. 北京：中央编译出版社，2017.
141. 周桂君 . 当代西方文学批评方法研究［M］. 北京：北京大学出版社，2019.
142. 周和军 . 空间与权力：福柯空间观解析［J］. 学术界，2007（4）：154–160.
143. 周平 . 多元文化背景下的美国华裔文学［M］. 成都：四川大学出版社，2012.
144. 周颖 . 裘帕 · 拉希莉小说《同名人》的叙事学解读［D］. 武汉：华中师范大学，2011.
145. 朱刚 . 二十世纪西方文论［M］. 北京：北京大学出版社，2006.
146. 朱荣杰 . 美国少数族裔文学经典选读［M］. 北京：北京大学出版社，2008.
147. 邹建军，周亚芬 . 文学地理学批评的十个关键词［J］. 安徽大学学报（哲学社会科学版），2010（2）：35–43.
148. 搜狐网 . 在裘帕 · 拉希莉笔下的异乡人身上，看到自己的影子［EB/OL］.（2019–10–29）［2025–02–26］. https://www.sohu.com/a/345715715_120237153.